魔法学校の落ちこぼれ 3

A L P H A L I G H T

梨香
Rika

アルファライト文庫

主な登場人物
Main Characters
ミランダ
カザフ王国の姫。
政略《せいりゃく》結婚からの
逃亡を計画する。
占いが得意な魔法使い。
ルーベンス
シラス王国唯一の
上級魔法使い。普段は
魔法学校を見《み》下《お》ろす塔《とう》で
暮らし、たまに吟遊詩人《ぎんゆうしじん》に
扮《ふん》して各地を放浪《ほうろう》する。
フィン
本編の主人公。
辺境《へんきょう》の貧しい農村に住むチビ少年。
魔法学校で少しずつ才能を
開花させる。

ゲーリック
国境付近の街に出没《しゅつぼつ》する
怪《あや》しい魔法使い。
シラス王国を守る防衛魔法の
弱体化を狙《ねら》う。
マーベリック
シラス王国の海を守る
騎士団の副団長。
ルーベンスの実家の当主。
ファビアン
フィンの村を治《おさ》める領主の嫡男《ちゃくなん》。
魔法学校の高等科に飛び級を果たす。
騎士を志《こころざ》し努力を重《かさ》ねる。
ウィニー
伝説の魔法使いアシュレイが遺《のこ》した
卵から生まれた風の魔《ま》竜《りゅう》。
フィンに育てられる。

一　伝説の竜

シラス王国の王都サリヴァンの早春《そうしゅん》の空に、竜が舞っている。

「あれは何だ？　まさか竜なのか？」

初めて王都を訪れた人が驚《おどろ》き、恐れを込めた目で空を見上げているのを見て、サリヴァンの住民は自慢げに教えてやる。

「あれはアシュレイ魔法学校の竜だよ。サリヴァンは、上級魔法使いと竜に守護《しゅご》された王都なのだ」

竜など伝説の生き物で現実には存在していないと考えられていたのだが、昨年、上級魔法使いであるルーベンスの弟子《でし》・フィンが竜の卵を孵《かえ》したのだ。

そんな経緯《いきさつ》を知らないサリヴァンの人々は、竜が毎日飛行訓練をしているのを見ては、上級魔法使いが見守ってくれていると感じていた。

「でも竜だなんて……人を襲《おそ》ったりしないのか？」

実はまだ、自慢している本人もその点は心配しているのだが、田舎《いなか》から出てきた者に見《み》栄《え》を張る。

「上級魔法使いが乗っているのだから大丈夫さ！」

「そうか！　上級魔法使いなら竜を制御《せいぎょ》できるだろう」

見上げている人々は竜に乗っているのは上級魔法使いだと誤解《ごかい》していた。しかし実際は弟子のフィンが竜の飛行訓練をしているのだ。

『ウィニー、そろそろ魔法学校に帰ろう』

くるくるした茶色の巻き毛を飛行の風であちらこちら乱れさせたフィンは、初等科三年になって少しは背が伸《の》びたが、まだ同級生の中では小柄《こがら》な方だ。こんな子どもが竜に乗っていると知ったら、サリヴァンの民もおちおち眺《なが》めていられないだろう。

『もっと飛べるのに……』

ウィニーと呼ばれた青みがかった灰色の竜は、もっと飛びたいとフィンに伝えた。

『俺ももっと飛んでいたいけど、授業が終わる時間だから……。それにバースが、帰ってくるのを待っているよ』

魔法学校の初等科では朝一が魔法学の授業なのだが、フィンの師匠《ししょう》であるルーベンスは百歳をとうに超《こ》えた高齢のくせに宵《よい》っ張《ぱ》りの朝寝坊だ。

この数十年、シラス王国では、守護魔法使いであるルーベンスが弟子を持たないことが問題になっていた。やっと見つけたフィンを指導させるために、仕方なくルーベンスの生活習慣に合わせて、初等科三年生の魔法学の授業は昼からになっているのだ。

フィンはウィニーと飛行訓練するのは大好きだが、他の生徒に比べて魔法の技を教えてもらえていないのが不満だ。この飛行訓練の間も同級生達は魔法学の授業中で、真《ま》っ当《とう》な師匠から魔法の技を習っているのだ。

ルーベンスからは、上級魔法を使いすぎると身体《からだ》にかなりの負担《ふたん》がかかるし、背が高くならないと脅《おど》されていたが、同級生達がどんどん魔法の技を習得しているのを見ると焦《あせ》ってしまう。

『上級魔法でなくても、中級とか初級の魔法を教えてもらえば良いんだ！　ウィニー、早く学校に帰って！』

竜舎《りゅうしゃ》の前で、竜の世話を担当しているバースが手を振っている。ウィニーはその横に上手《うま》く着地した。

「今日はかなり遠くまで飛行したんだな」

フィンは少しずつ飛行距離を延《の》ばしているのだが、竜を育てるのは初めてなので、ウィニーの負担にならないようにバースが常に監視《かんし》している。

バースは落ち着きのないフィンが竜を育てることを危惧《きぐ》して、ウェストン騎士団の鷹《たか》匠《じょう》の地位を投げ捨てて魔法学校の竜舎の責任者になったのだ。

「サリヴァンの郊外まで飛んだけど、ウィニーはもっと飛びたがっていたよ」

フィンは鞍《くら》を外《はず》しながら慌《あわ》ただしく今日の飛行訓練の報告をする。師匠に魔法の技を教えてくれるように要求しようと、気が急《せ》いていたのだ。

通《かよ》い慣れたルーベンスの塔《とう》の階段を、フィンは二段飛ばしで駆《か》け上《のぼ》る。

「フィン……いつになったら落ち着くのか？　転ばなければ良いが……」

シラス王国で唯一の上級魔法使いであるルーベンスは、魔法使いとしては超一流だが、弟子を取ったのは初めてなので師匠としては初心者だ。落ち着きのないフィンをどう指導したら良いのか悩《なや》んでいると、当の本人が荒い息で駆け込んできた。

「師匠！　上級魔法が駄目《だめ》なら、初級、いや中級魔法を教えてください！　竜の卵を孵したら教えてくれると言ったじゃないですか」

今日こそは誤魔化《ごまか》されないぞと、緑色の瞳で睨《にら》みつけるフィンをどう説得したらよいのか。ルーベンスは困惑して、座っていたソファーから立ち上がり窓の外を眺める。

「師匠？」

フィンに急かされて「ううむ～」と唸《うな》っていたルーベンスの目に、王宮の庭の薔薇《ばら》が映った。

四月になって、薔薇の蕾《つぼみ》はほころび、桜も咲き始めている。

「そろそろ、ファビアンをカリン村に行かせなくてはなぁ」

「竜の卵を孵すんですね！」

　フィンの故郷のカリン村にある桜の大木の根元には、三百年前に連合王国の侵攻《しんこう》からシラス王国を護《まも》った偉大《いだい》なる魔法使い・アシュレイが眠っている。

　シラス王国の国境線に他国からの侵入を防ぐための防衛魔法を掛けるなど、人間離れした魔力を持っていたアシュレイは若い頃に、死にかけた竜から五つの卵を託《たく》され、竜の魔力を引き継《つ》いだのだ。そして、フィンの祖先でもある。

　フィンはウィニーだけでは可哀想《かわいそう》だと思い、同じくアシュレイの血を引くファビアンに、土の魔法体系の竜の卵をルーベンスから渡してもらっていた。ファビアンは魔法学校を卒業したら、北の国境を護《まも》るノースフォーク騎士団に入団することになっているので、防衛魔法が得意な土の魔竜が側《そば》にいると安心だとフィンなりに考えたのだ。

「ファビアンを呼んできなさい」

「はい！　あっ、でも魔法の技を教えてもらう件は別ですよ」

　螺旋《らせん》階段に足を置きかけたフィンがくるりと振り返り、ルーベンスに一言抗議《こうぎ》してから、ダダダダッと凄《すご》い勢いで駆け下りていった。

「お前が落ち着けば、魔法の技などいつでも教えてやる。いや、落ち着けば、魔法の技など習わなくても良いのだ……」

　上級魔法使いの資質に恵まれているフィンは、魔法の働きを目で見ることができる。心身共に成長すれば、上級魔法も簡単に習得できるのだ。

「それより、上級魔法使いとしての心得《こころえ》を叩き込まなくては！」

魔法の技を習得するだけで上級魔法使いになれるわけではない。敵国に囲まれたシラス王国の国境線に廻《めぐ》らされたアシュレイの防衛魔法の維持だけでなく、各国の情勢を把握《はあく》し、守護魔法使いとして王に忠告を与える立場で仕《つか》えなくてはいけないのだ。

フィンがファビアンを呼んで来たので、ルーベンスは落ち着きのない弟子をどう導けば良いのかという思案をやめた。

「ルーベンス様、私に御用だと伺《うかが》いましたが……」

竜の卵が孵るという期待で興奮気味《こうふんぎみ》のフィンに、訳《わけ》も聞かされず連《つ》れて来られたファビアンは、青いマントの乱れを直してから丁重《ていちょう》な口調《くちょう》で尋《たず》ねる。

ルーベンスはこの落ち着きを見習わせたいという溜《た》め息を押し殺して、ウィニーが桜の木の残留魔力で孵ったことを告《つ》げた。

「冬の間、竜の卵に魔力を注《そそ》がせていたが、それでは卵は孵らぬのじゃ。カリン村の桜の大木に宿《やど》された残留魔力でウィニーは孵ったのだ。四月の後半になればカリン村の桜も咲くだろう。行って土の魔法体系の竜を孵しなさい」

その桜の大木の元に眠るのがアシュレイであることは、ファビアンもフィンから聞いていた。しかし、その残留魔力で竜が孵ったとは知らされていなかった。

ルーベンスの塔から寮《りょう》への帰り道、フィンは黙《だま》り込んだファビアンの顔色を窺《うかが》う。

「ごめんね、ファビアン。でも、そうかなぁと考えていただろ？」

「まぁ……」

黙っていたことを詫《わ》びるフィンにそう答えたが、真面目《まじめ》なファビアンはルーベンスに言われた通り、これまで毎日魔力を注《そそ》いでいた。チラリと頭の隅《すみ》に、ウィニーは桜の残留魔力で孵ったのではないか？　と疑《うたが》いが浮かんだが、上級魔法使いの言葉に従《したが》ったのだ。

ここで腹を立てるのも大人気《おとなげ》ないとグッと我慢《がまん》して、竜の卵を孵すことに気持ちを切り替える。

「カリン村の桜は四月の終わりぐらいに満開になるのか？」

「そうか、ファビアンはサリヴァン育ちだから知らないんだね。ここより北だから桜が咲くのが遅いんだよ」

カリン村とその付近の町を治《おさ》めるファビアンの父・レオナール卿《きょう》は、ノースフォーク騎士団の副団長で、駐屯地《ちゅうとんち》のリンドンとサリヴァンを行き来して暮らしていた。中央の貴族出身の奥方は田舎暮らしに興味がないので、その子ども達も避暑《ひしょ》に訪れる程度だったのだ。

「竜の卵を孵すには桜は満開の方が良いのかな？」

「さぁ？　でも桜の妖精《ようせい》がいっぱいいる方が良いと思うよ」

フィンは幼い頃から、森の桜の大木が満開になると、花から金の玉が舞い出るのが見えていた。亡《な》くなった祖母の『フィンは桜の妖精が見えるんだね。家の祖先は魔法使いだったんだよ』との言葉に背中を押され、税金を払えず家を追い出されようとした時に、アシュレイ魔法学校の入学試験を受けてみようと思ったのだ。

魔法学校に入学できたおかげでフィンの家族は税金を免除《めんじょ》され、家を追い出されることもなくなった。

「そうだな、桜が満開の方が良さそうだ。学校にはノースフォーク騎士団に見学しに行くと届《とど》けを出すよ」

「満開になったら知らせてね」

「わかった。伝書鳩《でんしょばと》を飛ばすよ」

ファビアンは桜が満開になる前に着きたいと、その日のうちに休暇届《きゅうかとどけ》を出して、レオナール領に帰った。

高等科になると、卒業後の就職先への訪問や自分の領地の管理などで、魔法学校を離れることも多くなるし、ファビアンはノースフォーク騎士団に入団したいと公言していたので、誰も疑わなかった。

本当の理由を察したヘンドリック校長は、チビ竜が増えるのを楽しみにしていたが、どうせならキャリガン王太子にも竜の卵を渡してくれれば良いのにと、ルーベンスの塔を見上げて愚痴《ぐち》っていた。

フィンの同級生のラッセルとラルフは、ノースフォーク騎士団の見学など夏休みでも行けるのに、桜が咲くこの時期にファビアンが魔法学校を離れたのは怪《あや》しいと感じていた。

ルーベンスが何故《なぜ》ファビアンに竜の卵を渡したのか？　二人はフィンが普段の生活でポロッとこぼした言葉の数々から、桜の大木の下に眠るのがアシュレイだと推察《すいさつ》していた。領主であるレオナール一族のファビアンにも同じ血が流れているから、ルーベンスが竜の卵を渡したと考えると、筋《すじ》が通る。

フィンは中等科になったら、パックとラッセルとラルフにも秘密を打ち明けて、竜の卵を渡そうと考えていた。ウィニーの飛行訓練をしているうちに、魔法学校で竜を育ててから卒業した方が良いと感じたのだ。

それに、友達に秘密を持ったまま生活を共にするのが、だんだんと重荷《おもに》になっていた。今のフィンの悩《なや》みは、偉大《いだい》すぎる祖先を持つのを秘密にすることと、相変《あいか》わらず師匠が魔法の技を教えてくれないことだ。

竜の卵を孵したら魔法の技を教えてくれる約束の履行《りこう》を求めたが「自力で孵した訳では無いだろう」とあしらわれ、新《あら》たにカザフ王国の歴史書を押し付けられただけだった。

「ファビアンの竜が孵ったら、ウィニーは兄弟かわかるのかな？　それと竜は交尾して卵を産むのかな？」

フィンは師匠から渡された、苦手《にがて》な古語で書かれたカザフ王国の歴史の本を読みながら、ファビアンからの桜が咲いたという手紙が届くのを待った。

二　ウィニーの長距離飛行

「師匠！　ファビアンから伝書鳩が届いたんです！　今週末には桜が満開になりそうだって！」

ウィニーから降りるのもまどろっこしいと、テラスから叫ぶフィンに、まったく落ち着かないなぁとルーベンスは苦笑する。

相変わらずチビのフィンだが、やっと成長期が来たので、背がぐんぐんと伸びている。ひょろりとした手足を持て余し、ウィニーから慌てて降りた途端《とたん》に躓《けつまず》いて顔から窓ガラスに激突しそうになるのを、ルーベンスは風のクッションで防いだ。

「この慌て者め！　少しは落ち着きなさい！　フィン、ちゃんと武術やダンスの授業を真面目に受けているのか？　成長期で手足のバランスが悪いのはわかるが、ドタバタとされてはうるさくて仕方ない。武術とダンスで自分の身体をコントロールして、優雅《ゆうが》な身のこなしを学びなさい！」

師匠からお小言をもらってぺこりと頭を下げたが、それよりフィンはカリン村までの長距離飛行のことで頭がいっぱいだ。

「朝、ウィニーにたっぷり食べさせれば、昼過ぎにはカリン村に着くから大丈夫だとは思うんだ。ファビアンに鶏《とり》をもらえると思うから……。ねぇ、途中で休憩する時に、ウィニーには姿を消させた方が良いかな？　ファビアンがチビ竜の扱《あつか》いに慣れる時間が必要だから、着いてすぐだけど夕方に孵した方が良いよね。あっ！　一泊するならウィニーをどこに泊《と》めよう」

矢継《やつ》ぎ早に、息をするのを忘れているのではないかと心配するほどの勢いで話すフィンを、ルーベンスは「落ち着きなさい！」と一喝《いっかつ》して、一つずつ答えていく。

「ウィニーにとって初めての長距離飛行だから、途中の休憩で餌《えさ》を与えなさい。なるべく人気《ひとけ》の無い場所に降りるんだぞ。お前も少し休憩しなくてはいけないから、マイヤー夫人に弁当を作ってもらいなさい。早く着くより、安全に着くことが大事なのだからな」

確かに、週末にカリン村へ行ってすぐに帰れば、桜の大木の残留魔力で竜が孵ったと気づかれる危険性は減る。しかしそれより、無事に長距離飛行をやり遂《と》げる方が大切だとルーベンスは細かく指導した。

「チビ竜が孵ったら、ファビアンに世話の仕方を教えなくてはいけないのだから、しっかりしなさい」

ルーベンスは落ち着きのない弟子を持つと苦労が絶《た》えないと愚痴りたくなったが、生意気で気儘《きまま》な自分がトラビス師匠にどれほど迷惑をかけたか思い出して我慢した。

「ウィニーは竜舎で寝るのには慣れてきているが、知らない土地では、なるべく一緒に寝た方が良いだろう。レオナール卿の屋敷なら、ウィニーが一緒に寝られる大きな部屋もあるさ」

フィンも、寮の狭《せま》い部屋ではウィニーと一緒にいるのは無理だが、塔や広い部屋なら大丈夫だろうと頷《うなず》く。

「屋敷の管理人さんが驚かないかな？」

フィンはチビ竜ならいざ知らず、子馬くらいに大きくなったウィニーを泊める管理人は目を回すだろうと心配した。

「なに、屋敷の若様がついているのだ。問題ないだろう」

ルーベンスはからからと笑ったが、レオナール卿の屋敷の管理人は庭に舞い降りた竜を見て、気絶《きぜつ》してしまった。

三　ファビアンとチビ竜

バースの細々《こまごま》とした諸注意と、ウィニーの風に乗った飛翔《ひしょう》のおかげで、途中で休憩を挟《はさ》んでも、昼過ぎにレオナール領に到着できた。

「竜だぁ～」

ファビアンが屋敷から出る前に、庭の竜に気づいた召使《めしつか》い達はパニックになって逃げ惑《まど》った。

「皆、静まれ！　フィンとその竜のウィニーだ！　お前達を襲ったりはしない」

竜を見た途端に気絶した管理人も、ファビアンの怒鳴《どな》り声で気がついた。召使い達は木の後ろや屋敷の中から、竜から降りるフィンを恐る恐る眺めている。

「ファビアン……ええっと、ファビアン様、できたら今日中に用事を済ませた方が良いと思うんだけど……」

ファビアンは様付けに眉《まゆ》をひそめたが、重大な用事の前なので文句をつけずに頷いた。

「ええっと、肉の用意はできていますか？　あと、ボロ布も持って行った方が良いですよ」

ウィニーが孵った時に腹ぺこで、慌ててハムを細かく切って与えたのを思い出し、バースの指示で挽《ひ》き肉をボウルにいっぱい入れて持って行くことにしたのだ。

「このくらいの細かさで良いのかな？　あまり小さくし過ぎない方が与えやすいかと思ったのだが……」

ファビアンが見せたボウルには細切りにした肉が山盛《やまも》りだ。

「十分、細かいから大丈夫だよ。ウィニーの時はハムやゆで卵を切るのが追いつかなくて、かなり雑《ざつ》に切ったから」

フィンは、じゃあ行こう！　とファビアンを急がせたが、馬が肉食獣の竜に怯《おび》えて暴《あば》れ、なかなか乗馬できない。

「じゃあ、先に行っておくから」

フィンが竜と飛び立つのを、召使い達は口をポカンと開けて見送った。ファビアンは興奮気味の馬を宥《なだ》めて、ウィニーの後を追う。

「馬が竜をこれほど怖《こわ》がるとは思わなかったな。ルーベンス様は馬車に乗ってウィニーと旅をしたはずなのに……チビ竜の時から馴《な》らせば平気になるのかな？」

ノースフォーク騎士団に竜が馴染《なじ》めるのか、ファビアンは少し不安を感じたが、半日でサリヴァンから来たという優《すぐ》れた機動力を活用しない手はない。どうやって馬に、竜は襲ったりしないと教え込めるのかと考えながら、カリン村を抜け、森の近くまで馬を走らせる。

「おい！　何をしているんだ」

森の側《そば》の畑を耕《たがや》していたハンスは、馬が急に暴れ出したので驚いて空を見上げた。羽音を立てて飛ぶ竜を見て腰を抜かしたが、それより驚いたのは弟のフィンが乗っていたことだ。

「ハンス兄ちゃん！　馬を木に繋《つな》いで〜」

そう大声で言い、馬が落ちつくように空高く舞い上がるフィンとウィニー。

ともかく馬が逃げては困るし、畑を耕す鋤《すき》を付けたまま暴走《ぼうそう》したら怪我《けが》をするかもしれないので、農耕具を外して、厳重《げんじゅう》に木に縛《しば》り付ける。フィンはなるべく馬から離れた場所にウィニーを降ろした。

『お腹《なか》いっぱいだから、馬を食べたりしないのに……』

ウィニーは馬の恐怖心が理解できないと愚痴った。

『そうだけど、馬にはお前が満腹《まんぷく》なのか空腹《くうふく》なのかわからないんだよ。馬を怯えさせたら、畑仕事ができなくなるから、姿を消してくれる？』

ウィニーはスルリと空気の隙間《すきま》に潜《もぐ》り込んだ。どうにか馬が落ち着いたので、フィンはハンスとやっと挨拶《あいさつ》できた。

「フィン！　竜に乗って来たのか？　夏休みに連れてきたチビ竜とは別の竜なのか？」

カザフ王国の魔法使いがカリン村の墓やフィンの家族に害をもたらさないよう、防衛魔法を掛けに師匠と訪れた時に、チビ竜だったウィニーを家族に紹介していた。

「お兄ちゃん、あのウィニーだよ！　八ヶ月でこれほど大きくなるとは思わなかった？」

何も見えない空間からきゅるるると鳴き声がして、ハンスは姿を消しているのだと二度驚く。

「竜に乗るだなんて……大丈夫なのか？」

ハンスは竜に聞こえないように、フィンの耳元で囁《ささや》く。フィンはチビ竜のウィニーに餌をやったりしたハンス兄ちゃんですら、人を襲うと考えるのだとガックリする。

「ウィニーは俺の友達なんだ。何も危険なことはないよ！　あっ、ファビアン様が来たからもう行かなきゃ！　家には後で行くってお母さんに伝えといてね～」

竜が危険な猛獣《もうじゅう》ではないと人々に教えていかなくては！　とフィンは決意する。そのためにも、まずは竜を増やさなきゃと、馬から降りたファビアンと共に桜の大木へ急ぐ。

遠くから満開の桜が見えてくると、ファビアンは歩く速度を上げた。

「ファビアン！　先に行っては駄目だよ～」

フィンの警告《けいこく》に、ファビアンが何故だ？　と振り向きかけた時、ボヨヨン～と何かに跳《は》ね返されて土の上に尻餅《しりもち》をついた。

「ああ～！　師匠が桜の大木の周りに防衛魔法を掛けているんだ。ちょっと待ってて」

長身のファビアンとは歩幅《ほはば》が違うんだよ～と内心で愚痴りながら、小走りで防衛魔法の手前まで急ぐ。フィンには桜の大木の周囲にグリーンの壁《かべ》が見える。

「ええっと、俺は通れるから……ファビアン、俺にくっついて通って！」

ファビアンには防衛魔法は見えないが、フィンの指示に従ってピタリとくっついて桜の大木に向かう。

「何故、防衛魔法を掛けてあるのだ……そうか！　アシュレイの墓を護《まも》るためか！　でも、何から？」

フィンは、後で説明すると、桜の妖精の乱舞《らんぶ》にうっとりとしながら答える。

「ねぇ、ファビアン？　精神を集中する呼吸方法をしてみて！」

桜の花から飛び出す金色の光が見えなくても竜の卵を孵すのに支障《ししょう》は無いだろうけど、できれば卵の表面に吸い込まれる様子を見せてあげたいとフィンは思った。

ファビアンは吸って吐いてと呼吸方法を繰《く》り返し、精神を集中させる。

「ああ～！　これがフィンが言っていた桜の妖精なんだね」

ファビアンにも、金色に輝く光が微《かす》かに見えた。

「さぁ、ファビアン！　竜の卵を掲《かか》げて！」

そうだ！　ぼんやりと桜の妖精を見ている場合じゃなかったと、ファビアンはポケットから竜の卵を差し出す。

「うわぁ～！　凄い！　ファビアン！　見えるかい？」

卵に惹《ひ》き付けられたファビアンには、フィンの声も聞こえていない。手の中の竜の卵をジッと見つめる。

「卵が揺《ゆ》れてきている！　ファビアン！　この毛布の上に置いて」

フィンはファビアンが持ってきたバスケットから、小さな毛布を出して敷《し》いていた。ファビアンはフィンに肩を揺さぶられて我《われ》に返り、揺れ出した卵をそっと毛布の上に置く。

「フィン！　卵は無事に孵るだろうか？」

心配で堪《たま》らないと、ファビアンはフィンに尋ねる。

「大丈夫だよ！　ほら、中から殻《から》を叩く音がするよ！」

コツコツとウィニーの時より力強い音がして、フィンはこれなら卵を叩かなくても大丈夫だろうと見守る。

「あっ！　ヒビが……」

ファビアンは卵の前に跪《ひざまず》いて、ヒビが上下に伸び、濡《ぬ》れた雛《ひな》が転がり出るのを見つめた。

『可愛《かわい》いねぇ～！　おチビちゃん、頑張《がんば》ったね！』

あの傲慢《ごうまん》なファビアンが、はっきり言って醜《みにく》い雛にめろめろなのにフィンはクスッと笑い、ボロ布を渡して濡れた身体を拭《ふ》いてやるように指示する。

小さな身体としわくちゃの羽根を傷つけないように、そろそろと拭いていたファビアンは、急激な空腹感に襲われる。

「フィン！　ボウルを取ってくれ」

フィンはファビアンと雛の間に共鳴関係ができたのだと喜んで、ボウルを渡した。肉の細切りを次々と口に入れてやりながら、ファビアンは腹を壊さないかと心配する。

「なぁ、フィン？　どれくらい食べさせたら良いんだ？」

「お腹いっぱいになったら、ファビアンにもわかるよ～」

呑気《のんき》そうなフィンに、ファビアンは少し不安になったが、段々と満腹を感じるようになると、食べる速度も遅くなった。

「そろそろ、満腹みたいだ……ウッ！　お腹が痛い……」

フィンは、ファビアンに水で濡らしたボロ布を渡して、お尻をちょいちょいしろと教える。

ファビアンは自分の腹が痛いのではなく、雛が便意《べんい》を感じているのだと驚いて、言われるままにお尻をちょいちょいと拭いてやる。

「ウッ！　臭い～」

「ほら、ちゃんと拭いてやらなきゃ！　後は濡れた身体を乾《かわ》かしてやれば良いんだ。あっ！　名前も尋ねてみてね」

ファビアンはチビのくせに臭い排泄物《はいせつぶつ》だなぁと眉をひそめたが、二回目からはさほど臭くないと言われてホッとする。お尻を拭いたボロ布を捨てて、新しい布で丁寧《ていねい》に雛を拭いてやる。

『おチビちゃんの名前はなんというのかな？』

黒っぽい雛は、うとうとしながら、金色の目でファビアンの目を見つめて答えた。

『グラウニー』

『グラウニー！　私はファビアンだよ！　お前の世話はちゃんとしてあげるからね』

ボロ布の中から、グラウニーはファビアンを見上げて、きゅるると鳴いた。

フィンは一年前にウィニーが孵った時の感動を思い出した。

『ウィニー！　チビ竜はグラウニーって言うんだよ〜』

少し離れた場所にいるウィニーが、くぴくぴと嬉《うれ》しそうに鳴いたような気がした。

四　グラウニーは卵を産まない？

卵から孵ったグラウニーは、お腹いっぱいになると金色の目を瞑《つむ》り、すぅぴぃと微《かす》かな寝息を立てながら、ファビアンの手の中で眠ってしまった。

「さぁ、バスケットに入れて屋敷に帰ろう。あっ、卵の殻も拾って来いと、バースに頼《たの》まれていたんだ」

フィンはウィニーの孵角《ふかく》のペンダントで、ウィニーを呼び寄せることができたが、卵の殻は何の役に立つのか未だわかってなかった。緑がかった灰色の殻をボロ布に包んで、バスケットに一緒に入れる。

ふと、バースにチビ竜が孵る瞬間を見せてあげたかったなぁと思った。

（また、今度にしよう。それにバースなら、初めての臭いウンチも持って帰るかもね。ファビアンはきっと嫌がるよ……）

まだ効果があるのかわかっていないが、バースはウィニーの排泄物を、魔法学校の薬草園に与えている。馬やロバの排泄物も肥料として与えているので、薬草園の召使いも別に文句はつけないが、ルーベンスは関わりたくないと傍観《ぼうかん》していた。

フィンはちょこっと興味があるし、竜のために鷹匠を辞《や》めたバースには卵から孵る瞬間を見せてあげたいと思いながら、桜の木をもう一度眺める。

薄いピンク色の桜の花から金色の光が飛び出して、チラチラと風に散《ち》る花びらと乱舞している。

「わぁ～綺麗だなぁ！　師匠にも見せてあげたかったなぁ」

桜の一枝をナイフで切って、お土産《みやげ》としてサリヴァンへ持って帰ろうかと思ったが、考え直してその場所を去った。

森から出たファビアンは、繋いでいた馬に乗り、グラウニーが寝ているバスケットをフィンから受け取った。

「少し家に寄って行きます。先に帰っていてください」

フィンは今ならグラウニーが寝ているので、家に寄って家族と少し話す時間があるだろうと考えたのだ。

「早く来てくれよ。グラウニーが起きたら、餌をやらなきゃいけないんだよな……」

チビ竜を育てる初心者のファビアンに、心配しなくてもグラウニーが起きる前に帰ると約束して、先に帰らす。

「ハンス兄ちゃんは、ウィニーが家畜《かちく》を驚かすのを喜ばないだろうなぁ」

自分の家が、他の家から離れた森の近くで良かったとフィンは初めて思いながら、家畜が驚かないように十分な距離を取ってウィニーから降りた。

「まぁ、フィン！　ハンスから竜に乗ってきたと……」

母親のメアリーは少し遠くにいる竜に驚いて、口に手を当てて黙った。

「お母さん、ただいま。ほら、あのチビ竜だったウィニーだよ。ウィニーは俺の友達だから、人を襲ったりしない。賢《かしこ》いし、とても優しいんだ、大丈夫だよ。それより喉《のど》が渇《かわ》いたよ、お茶くれない？」

フィンの言葉でメアリーは安心して、遠路《えんろ》はるばる帰ってきた息子にハーブティーをいれてやる。ハンスも家に竜が舞い降りたのを見て、ウィニーを避《さ》けて少し大回りして帰ってきた。

三人でお茶をしながら近況を話し合うが、どうしても竜の話題が多くなる。フィンはまずは家族から、竜は怖くないし、人を襲ったりしないと教えていかなきゃと思い説明した。

「お母さん、ハンス兄ちゃん、そろそろお屋敷に行かなきゃ。ファビアン様がチビ竜をちゃんと世話できるか不安だもの。それに屋敷の召使い達は、竜を怖がっているから、説明しておきたいし……」

慌ただしい滞在《たいざい》になったフィンを、メアリーは抱《だ》きしめて額《ひたい》にキスをし、健康だけは気をつけるんだよ！　と見送った。竜に乗る息子が、自分達とはかけ離れた人生を送っているのだと、メアリーは胸に少し寂《さび》しさを感じながら、小さくなっていく竜をいつまでも見ていた。

「フィン！　よく来てくれた！　召使い達に、竜は人を襲わないと何回言っても信じないのだ」

雛のグラウニーでも怖がって側に寄らなかった召使い達は、空から舞い降りたウィニーにまたも逃げ惑う。

「ひぇ～！」と、慌てて物陰《ものかげ》に隠れた召使い達に、フィンとファビアンは困り果てた。

「ずっとこんな調子なのだ！　管理人に餌を用意させようとしたが、あいつは部屋から出てこない」

領主の若様の命令でもチビ竜に近づきたくないのか、とフィンは呆《あき》れた。

「まぁ、そのうち慣れますよ……。ところで、ウィニーをサロンに入れても良いですか？ 庭に居させたら、召使い達が木の陰《かげ》から出てこないでしょう」

部屋に籠《こ》もった管理人がここにいたら、とんでもない！　と拒否《きょひ》していただろうが、ファビアンとフィンは竜にめろめろなので、サロンの掃《は》き出し窓を開けて、ウィニーを中に入れた。

ウィニーは小さな火がついている暖炉《だんろ》の前に置かれたバスケットに興味津々《しんしん》だ。

『ねぇ？　グラウニーを見ても良い？』

フィンとファビアンは召使い達の過剰《かじょう》な反応で忘れていたが、ウィニーにとっては初めての仲間なのだと、バスケットを開けてやる。チビ竜のグラウニーはまだ卵から孵ったばかりで、羽根もクシャクシャと伸びておらず、丸まって寝ている姿はトカゲみたいだ。

『わぁ～小さいね～』

ウィニーは起こさないように、小さな声でくぴくぴと鳴いた。グラウニーは眠っていても、同族を感じたのか、尻尾をぴくぴくさせた。

『ウィニー、チビ竜が起きる前に食事にしよう』

フィンは召使い達がパニックになりそうなことを、平気で口にした。

「おいおい、屋敷の召使い達が、全員逃げ出してしまうぞ。まぁ、私の言葉を信じない奴らはクビにしてもかまわないが……」

フィンは肩を竦《すく》めて、無人の台所からハムの塊《かたまり》を取ってきた。

「さぁ、ウィニー！　庭で食事にしよう！」

サロンの中なら召使い達の目に触《ふ》れないのにと、ファビアンは怪訝《けげん》に思ったが、フィンに何か考えがあるのだろうと思い、任《まか》せる。もう大きくなったウィニーにはハムを丸ごとやっても、足で押さえながら口で咬《か》みちぎって食べられるが、今回はいちいちナイフで切って食べさせる。

「へぇ～、馴《な》れているんだなぁ」

召使い達はフィンの手からハムをもらって食べているウィニーを見て、少し落ち着きを取り戻した。その手際《てぎわ》の良さにファビアンは感心した。

「そういえば、フィンは偉《えら》い上級魔法使いの弟子だったな……」

部屋からウィニーの食事の様子を見ていた管理人は、このままでは地位が脅《おびや》かされると勇気を振り絞《しぼ》った。管理人が正気《しょうき》に返って、屋敷は平静を取り戻した。

グラウニーが目を開けた時、ボウルにチビ竜が何頭も養《やしな》えるほどの肉が山盛りになっていた。お腹いっぱいなら人を襲わないだろうと、管理人が命じて、料理人もそれに従ったからだ。

ぐるるっぴ！　とグラウニーが空腹を訴《うった》える前から、ファビアンは猛烈《もうれつ》な空腹感に襲われていた。

『グラウニー！　ほら、お食べ』

フィンとウィニーは、ファビアンが慣れない手つきでグラウニーに餌をやるのを見守っていた。

『ねえ、ウィニー？　グラウニーは兄弟なの？』

フィンの問いに、ウィニーは首を傾《かし》げる。

『違う種類みたい……。多分、グラウニーは卵を産まない。あっ、フィンと一緒だよ！』

人間は卵を産まないよ！　と笑いかけたフィンだが、ハッと意味がわかった。

『ウィニーは卵を産むんだね。そして、グラウニーは卵を産まないんだ！　わかったよ！

ウィニーは雌《めす》で、グラウニーは雄《おす》なんだ！』

ウィニーは雄と雌の意味を考えて、そう言うんだと頷いた。

（雄と雌なら、いつかは交尾するのかな？　でも兄弟だったらまずいよね……）

物思いに耽《ふけ》るフィンだったが、グラウニーの世話を焼いているうちに、思案していたことを忘れてしまった。グラウニーの排泄物を灰掻《はいか》きでファビアンにすくわせて、トイレに捨てに行かせる。

（今日くらい、代わりにやってあげても良いけど、これから日に何回もしなくちゃいけないんだから、早く慣れなきゃね）

ファビアンは、騎士団に入団したら見習い騎士として馬の世話もさせられるのだから、

チビ竜の排泄物の世話も修業の一環《いっかん》だと受け入れた。

グラウニーはお腹がいっぱいになると、部屋の中にいるウィニーによたよた近づいた。

ウィニーはチビ竜を踏まないように、ジッと動かずに金色の目でグラウニーを見つめる。

『グラウニー、私はウィニー』

グラウニーはウィニーの名前を呟《つぶや》くと、ファビアンの元によちよち帰り、抱き上げられると安心したように目を瞑った。

「どうやら、グラウニーは雄みたいだよ。ウィニーは雌だけど……まぁ、大きくなってから考えよう」

グラウニーが空腹で目を覚《さ》ますのに備《そな》えて、ファビアンとフィンは毛布を被《かぶ》ってサロンの長椅子《ながいす》で眠ることにした。

五　サリヴァンへの珍道中《ちんどうちゅう》

夜中に一度起きて餌をやった以外は、ファビアンもフィンもソファーで熟睡《じゅくすい》した。

屋敷の管理人は若様がこれからは竜でやって来るのかと鬱々《うつうつ》とした気分になったが、職を辞《じ》す考えは毛頭《もうとう》無いので、料理人に朝ご飯を用意させたりして気を紛《まぎ》らわす。

「グラウニーはまたお腹が空《す》いたみたいだ」

ソファーの下でぴぃぴい鳴いているグラウニーに起こされて、ファビアンはボウルから餌を与えた。

『私もお腹が空《す》いたよ』

ウィニーはチビ竜のグラウニーの食欲に刺激されて、空腹を訴える。

『グラウニーはこんなに食べられないから、後でもらってあげるよ』

チビ竜には食べきれないほどの細切り肉がボウルにあったので、グラウニーが食べ終わった後でウィニーも十分満腹になった。

ウィニーが外で排泄をして、後ろ足で土に埋《う》めるのを、ファビアンは躾《しつ》け済みで良いなあと羨《うらや》ましがったが、グラウニーと替えたいとは一瞬も頭に浮かんだりはしなかった。

管理人が扉の外から、朝食の用意ができましたと恐る恐る告げるのを聞いて、ファビアンはやれやれと溜め息をつく。

「サリヴァンまで、グラウニーはバスケットの中で大人しくしてくれるかな？　屋敷の召使いですら恐ろしがるのに、宿屋でグラウニーのことがバレたら困るぞ」

フィンは、ウィニーの時は師匠と二人だったし、上級魔法使いが部屋に入るなと命じていると嘘《うそ》を言って、食事も部屋に運んで食べたことを思い出した。

「ウィニーは起きている時は、バスケットの中にいるのを嫌がったんだ。羽根をバタバタと動かすから、宿屋でバレないか冷や冷やしたなぁ」

屋敷の管理人は竜に関わりたくないと、先に朝食を済ませていたので、ファビアンとフィンは考えていたより普通の人々が竜を怖がっていると気づいて困惑していた。

「サリヴァンまでは馬で何日かかるの？　馬車よりは早いよね」

二頭の竜の空腹に刺激されて、二人はたっぷりと朝食を食べながら、どうしたらグラウニーを安全に早く魔法学校に連れて行けるか話し合う。

師匠にシラス王国の早馬《はやうま》を使う割り札《ふだ》を貸してもらっていたフィンは、ファビアンの二頭の馬を乗り換《か》えながら行くよりは早いかな？　と差し出す。

「これは王家の早馬の割り札だろう。竜は貴重だけど、ここで使って良いのかな？」

フィンには区別は付かなかったが、ファビアンは緊急《きんきゅう》事態に備えてある早馬を使うのを躊躇《ためら》う。

「早馬ならサリヴァンに何日で着くの？」

「私が不眠不休で早馬を飛ばしても、グラウニーは途中でお腹を空《す》かせるから、何回も休憩を取らなきゃいけない。ノースフォーク騎士団からの早馬が、サリヴァンまで二日で着いたという記録があるけど、馬は潰《つぶ》れてしまったそうだよ」

敵国の侵入《しんにゅう》などの緊急事態ではないし、第一グラウニーが大人しくバスケットの中にいてくれるとは限らないので、ファビアンは早馬の割り札を返した。

「馬車の中なら、グラウニーをバスケットの外に出してやれるからな」

時間がかかっても、その方が確実だし、宿屋では御者《ぎょしゃ》に食事を部屋に運んでもらえば良いという結論に達した。しかし、そう上手く話は進まなかった。

「俺は竜と旅をするだなんて、嫌です！」

ファビアンの命令に応じる召使いが誰もいなかったのだ。

「小父《おじ》さんが去年、師匠と俺をサリヴァンに送ってくれた時、ウィニーも一緒だったんだよ。何も不都合は無かっただろ？」

フィンは顔馴染みの御者を説得するが、真《ま》っ青《さお》な顔で俯《うつむ》いて、勘弁《かんべん》してくださいと繰り返すばかりだ。

『ファビアンとグラウニーを乗せて帰れば良いんだろ？』

旅立ちの支度《したく》をしたのに、なかなか出発しないフィンを待ちくたびれたウィニーが、細身のファビアンなら大丈夫だと言い出した。

『ええ～？　だって、サリヴァンまで遠いよ』

『グラウニーを早く魔法学校に連れて帰った方が良いんだろ。それに、こんなに騒《さわ》がれたら、グラウニーは神経質になっちゃうよ。私の背中の上ならバスケットに入れなくても大丈夫だし』

ウィニーも眠っている時以外は、バスケットに閉じこめられるのが嫌いだったので、チビ竜に同情したのだ。

『一度、試《ため》してみよう！　駄目なら、グラウニーだけ俺が魔法学校に連れて帰るよ』

ファビアンはグラウニーと離れがたく感じたが、二人乗りが無理なら仕方ないと頷く。

ファビアンに竜の乗り方を教えて、フィンはバスケットに寝ているグラウニーを渡した。

「ファビアン？　バスケットを鞍に括《くく》り付けるけど、狭くない？　この鞍は二人乗り用じゃないんだ……本来は鞍の後ろは荷物置き場だから、少し窮屈《きゅうくつ》かもね」

後ろにバスケットとファビアンが乗っているので、フィンもいつもよりは狭く感じる。

ファビアンが鞍に荷物を括り付ける突起《とっき》をちゃんと持っているのを確認して、ウィニーに飛べるかなと質問する。

『行きほどは長距離は飛行できないかも。でも、休憩しながらなら大丈夫だよ』

フィンがもっと成長していたら、まだ成竜になっていないウィニーには二人乗りは無理だったかもしれない。

ウィニーは風の流れをつかんで、空中に舞い上がった。

『うわぁ～！　空を飛んでいる』

ファビアンにとっては初めての竜での飛行なので、フィンはちょくちょく休憩しながらサリヴァンに向かおうと考えた。

『ウィニー？　大丈夫？』

『風に乗っているから、さほど疲れないよ。グラウニーが目を覚ますまでに、少しでも距離《きょり》を稼《かせ》ぐよ』

フィンもウィニーが羽根で飛行しているのではなく、風に乗っているのが見えた。

ファビアンは初めての飛行で、鞍《くら》を握《にぎ》る手に汗をかく。しばらくするとグラウニーが目を覚まし、空腹を訴えた。

『フィン！　グラウニーが起きたよ』

フィンは、卵から孵って数日は目を覚ますたびに餌やりタイムだったと、人気《ひとけ》のない場所にウィニーを降ろした。ファビアンがグラウニーに餌をやっている間に、フィンはウィニーの鞍を外して、身体に負担がかかっていないか調《しら》べる。

『ご苦労様、ブラッシングしてあげるよ』

竜にブラッシングは必要ないかもしれないが、鞍を置いた後はブラッシングしてやると気持ちが良さそうだとバースに聞いていたので、ずた袋からブラシを出してゴシゴシこする。くぴくぴとウィニーは気持ち良さそうに目を閉じて、暫《しば》しのブラッシングタイムを楽しんだ。

ファビアンもグラウニーのお世話キットを入れたずた袋からボロ布を出して、ちょいちょいとお尻を撫《な》でてやっている。その様子を見て、フィンはこれならちゃんと世話できるだろうと安心する。

『さぁ、出発しよう！　ウィニー、しんどくなったら、すぐに言うんだよ』

『大丈夫だよ。グラウニーの食事に合わせて休憩を取れば疲れないよ』

行きと違いスローペースな飛行になったが、問題は休憩する場所探しだ。なるべく街を避けて飛行していたが、午前中だけで三度もグラウニーの餌休憩に降りなくてはいけなかった。

お昼は山に寄り道して、みんなゆっくりと休憩を取ることにした。山の上なのに開けた草原で、休むのに適していた。二人を乗せて長距離飛行しているウィニーに、フィンはいつもより沢山の餌をやった。鶏を足で押さえて食べているウィニーの横で、フィンとファビアンはグラウニーに餌をやりながら、自分達も昼食をパクパクと食べた。

「竜を怖れないようにさせないと……」

フィンは食べ終わって、草の上に寝っ転がった。春の淡《あわ》い空を眺めながら、師匠が作曲した『竜三部作』を広めたら、少しは竜を怖がらなくなるかな？　とフィンは考えていた。

ファビアンはグラウニーの排泄の世話を終えて、こちらも竜での飛行は初めてなので、少し疲れてフィンの隣《となり》に横たわる。

「人間は竜を見慣れたら、怖がらなくなるさ。私は馬に竜を怖がらせない方が難《むずか》しいと思うな」

竜がノースフォーク騎士団に馴染めるのか、ファビアンは頭を悩ませている。

「そうかぁ……でも、師匠の馬はウィニーを怖がらないよ。多分、チビ竜の頃から知っているからだろうけど……」

フィンはうとうとしながら何気《なにげ》なく答えた。

「そうか！　チビ竜の時から馬に慣れさせたら良いんだ！　グラウニーをバスケットに入れて屋敷に帰った時、馬は怖がっていなかった！　ノースフォーク騎士団の馬達にも、グラウニーがチビのうちから会わせておけば慣れるかもしれない」

興奮しているファビアンをよそに、フィンは一眠《ひとねむ》りした。ウィニーも疲れた上にお腹いっぱい食べたので、うとうとする。

ファビアン一人が起きていたのだが、ノースフォーク騎士団の馬達にグラウニーを受け入れてもらう方法を夢中で考えていたので、山羊《やぎ》や羊を連れた集団が近づいてくるのに気づくのが遅れた。

フィンがウィニーを降ろした草原は、下の村の牧場だったのだ。そろそろ春も深くなったので、山羊や羊を上の牧場に連れて来た村人は、竜が寝そべっているのに腰を抜かした。

「竜……竜だぁ～」

こけつまろびつ山を下る村人に山羊や羊も興奮して、我先にと駆け出す。

「フィン！　何だかヤバいぞ！」

フィンはファビアンに揺り起こされるまでもなく、山羊や羊が暴走している騒音に驚いて飛び起きた。

「あちゃ～！　ここは山の牧場だったんだね。山羊や羊が逃げたら、村人は怒っちゃうよ。確か師匠が、馬を落ち着かせる技を使っていたんだけど……」

ルキアの街に潜入《せんにゅう》した時に師匠が使った技を思い出して、山羊や羊達の心に平安を取り戻させる。

「さぁ、これで山羊や羊は逃げないよ。俺達が飛び去ったら、村人が連れて帰るだろう」

長居《ながい》は無用だと飛び立ったフィン達だが、すぐにグラウニーの餌休憩をしなくてはいけなかった。

「ちょっと多めにあげたら、お腹壊しちゃうかな？」

サリヴァンに近づくにつれて、人気《ひとけ》のない場所を探すのが難しくなってきた。

「フィン、今度からは協力してくれる屋敷を確保しといた方が良いぞ。離宮《りきゅう》を使わせてもらっても良いかもしれない」

フィンには思いつかなかったが、離宮は各地方にあるとファビアンは説明してくれた。

「うう～ん、でも……」

キャリガン王太子に竜の卵を渡さないのに、離宮を使わせてもらうのは図々《ずうずう》しいような気がして、フィンは躊躇う。フィンが乗り気でないのに気づいて、農民出身なので遠慮《えんりょ》をしているのかとファビアンは考えた。

「竜はシラス王国の宝だよ！　今だってサリヴァンの人達は、上級魔法使いと竜に護られているると感じている。これから竜が増えたら、休憩する場所を確保しなければいけない」

ファビアンの意見は正論だけど、フィンはやはり気兼《きが》ねしてしまう。

「師匠に相談してみるよ」

答えを先延《さきの》ばしにしたフィンに、ファビアンは少し苛《いら》ついたが、ルーベンスに任せるしかないかもと思い直し、ウィニーとサリヴァンを目指す。

行きはお昼までに着いた距離を、夕方までかかって魔法学校に到着した。

『ウィニー、お疲れ様』

竜舎でフィンが鞍を外していると、バースがやって来て、二人乗りで帰ったのかと叱《しか》り出した。

『お腹すいた』

ところが足元でぴすぴすと鳴くグラウニーを見た途端、バースは説教を後回《あとまわ》しにして、走って餌を持ってくる。

ルーベンスも塔から下りて来て、グラウニーと言うのかと、よしよしと餌をやる。フィンはグラウニーの世話はファビアンと師匠に任せて、ウィニーに餌をやったりブラッシングをしてやる。

バースはウィニーの羽根に問題は無さそうだと確認して、まぁフィンとファビアンなら、体格の良い大人より軽いだろうと安堵《あんど》した。

「あの村人はちゃんと山羊や羊を集められたかな……」

疲れたフィンは部屋に入るなり、ベッドにダイブした。

しかし、同じく疲れていたファビアンは、ヘンドリック校長にグラウニーを紹介したり、マイヤー夫人に寮に置いて良いか許可を取ったりと、なかなかベッドには入れなかった。

やっとベッドに入って目を閉じた途端、グラウニーに餌が欲しいと起こされて、ファビアンはフラフラしながら排泄物をトイレに捨てに行った。

六　グラウニーは力持ち？

高等科の生徒はファビアンの部屋に、群《む》れをなして雪崩《なだれ》込みはしなかったが、グラウニーに興味を持って、何か用事を思いついては顔を出した。

「ファビアン、古典の辞書を貸してくれないか？　あっ！　グラウニーは寝ているのか……」

白々《しらじら》しく部屋にやって来ては、バスケットの中で眠っているグラウニーを残念そうに眺める。

チビ竜のグラウニーは餌を食べて満腹になると、すぐに眠ってしまうが、たまに起きている時は遊んで欲しがる。ファビアンの同級生達は、その貴重な起きている時間を目的に、ファビアンの部屋をノックする。

「古典の辞書だ！　これで用事は済んだだろ」

古典の辞書を押し付けて部屋から追い出すと、ファビアンはベッドにボスンと横たわった。グラウニーの餌と排便《はいべん》の世話で、夜中に起こされるので寝不足なのだ。

コンコンとノックの音に、ファビアンは今度は誰か歴史の本でも借りに来たのかと苛つく。

「あっちへ行け！　教科書も辞書も貸さないぞ！」

怒鳴り声に、フィンはファビアンがグラウニーの世話で疲れているのだと察した。

「フィンだけど、入って良いかな？」

グラウニー見物の同級生ではないとわかって、入っても良いと許可を与える。

「グラウニーはまだ夜中に餌を食べている頃だよね。ウィニーも卵から孵って一週間は、夜中にも餌をやらなきゃいけなかったんだ」

ファビアンはフィンから、もう少ししたら、夜寝る前に餌をたっぷり与えれば、早朝まで起きなくなると聞いてホッとする。

「これは、ウィニーの育成記録なんだ。カリン村からサリヴァンまで、レオナール家の馬車で送ってもらう間、夜中は師匠が餌を与えてくれたんだ」

排便は炉端《ろばた》でさせてくれたが、後始末は朝起きてからしなくてはいけなかったと、フィンンは苦笑する。

「寮に着いてからは、夜中に餌をやらなくても良くなったから、ファビアンもあと数日の辛抱《しんぼう》だよ。それと、グラウニーがもう少し魔法学校に慣れたら、師匠とバースが会いたいってさ」

ファビアンは夜中に起きての餌やりがあと数日だと聞いて、疲れが飛んでいく気分になった。

『きゅるる』と、グラウニーが目を覚まして、遊んで欲しがる。

フィンはウィニーが好きだったボロ布で作ったボールを投げてやり、チビ竜との遊び方をファビアンに教えてあげた。

ポンと投げたボールをグラウニーは上手く口でキャッチする。しかし、ウィニーみたいにボール遊びには慣れていないので、持って来い！　と言っても、ガシガシと噛《か》んでなかなか離そうとしなかった。

「まだ卵から孵ったばかりだものね、なかなか言うことを聞いてくれないな。バースは竜の躾けの仕方を研究したいみたいなんだ。ウィニーはマイヤー夫人に手伝ってもらって躾けたからね。あれっ？　このロープは何？」

床に座り込んで、ボロ布のボールで遊んでやっていたフィンは、ベッドの下のかなり太いロープの両端がボロボロになっているのを、手に取って眺めた。

「グラウニーと引っ張り合いをして、遊んでやるんだ。チビ竜だけど、凄い力なんだ」

ファビアンがロープを手に持つと、グラウニーは目を輝かせて、反対側の切り口を噛む。

まだアヒルの雛くらいの大きさなのに、脚で踏ん張ってぐいぐい引っ張る。

「わぁ～！　凄い力だね」

フィンはウィニーがこんなチビ竜の頃は、そこまで力が強くなかったと首を傾げた。

「やはりグラウニーは雄だから、力が強いのかな？　それとも土の魔法体系に属するからかな？」

フィンはロープから離れたチビ竜に質問する。

『ねぇ、グラウニーは卵を産むの？』

『きゅるきゅる』と、グラウニーは首を傾げて考えていたが、まだ卵から孵ったばかりなので、わからないみたいだ。

「ウィニーはグラウニーが雄だと言っていたけど……もう少し大きくなったら、はっきりするかも」

ファビアンは雄でも雌でも構わないと、グラウニーを抱き上げる。

『わぁ～！　可愛いなぁ！』

まだ取れていない孵角をファビアンの身体にこすりつけているのを見て、ウィニーの雛の時を思い出した。卵から孵った時は黒っぽかったグラウニーも、今では緑がかった灰色になり、くしゃくしゃだった羽根も伸びてきた。

「ファビアン、暇《ひま》ができたら、ルーベンスの塔にグラウニーを連れて行ってね。あっ、師匠は午前中は眠っているから、午後からの方が良いよ」

フィンはウィニーに会いたくなって、ファビアンの部屋から竜舎に向かった。

『ウィニー！　疲れは取れた？』

チビ竜の時みたいに抱き上げてはやれなくなったが、ウィニーの首に抱きついて硬《かた》い皮膚《ひ ふ》を撫でてやる。

『フィン！　疲れは取れたよ。もっと、背中も撫でて……』

くぴくぴと気持ち良さそうにしているウィニーが、フィンには一番可愛く見える。竜舎に備えてあるブラシを持って、鞍を置いた跡《あと》が痒《かゆ》いのかなと、ゴシゴシと掻《か》いてやる。

『もっと、強く……』と甘えるウィニーにフィンが応《こた》えてやっているのを、バースは笑いながら眺める。

「フィンにはいつまでも甘えたがりだなぁ。なぁ、ファビアンにグラウニーを連れて来るように伝えてくれたかい？」

ウィニーには大きくなってからしか関われなかったので、グラウニーは卵から孵った時からじっくり観察したいとバースは考えていた。

「もちろん、伝えたよ。グラウニーはウィニーより力持ちみたいなんだ。雄だからなのか、土の魔法体系の特徴《とくちょう》なのか、それとも竜の個性なのかはわからないけどね。もしかしたら、空を飛ぶ訓練はウィニーより難航《なんこう》するかも……」

まだチビ竜に過ぎないけど、羽根がウィニーより小さい気がするし、逆に脚は頑丈《がんじょう》そうなのだ。

『私がグラウニーに飛び方を教えてあげるよ！』

口では先輩ぶっているウィニーだが、フィンの胸に頭をこすりつけている様子はチビ竜のグラウニーと同じだ。

フィンは竜同士の方が飛行の仕方を伝え易《やす》いかもと思い、頼むよ！　と孵角が取れた跡を掻いてやる。フィンの胸にペンダントとして下げてある孵角があった場所は、ちょこんと窪《くぼ》んでいて、ウィニーはそこを掻いてもらうのが好きなのだ。

「さぁ、ウィニー！　疲れが取れたなら、少し飛んでみてくれ」

二人乗りをしたので、一日は飛行訓練を休ませたが、あまり休ませ過ぎるのも良くないとバースは考えていた。

「なぁ、フィン？　竜は羽根だけで飛ぶのではなく、風に乗ると言っていたよな。もう少しウィニーが大きくなったら、俺も乗せて飛べるかな？」

バースはファビアンより骨格が太いが、背は低いので同じくらいの体重だろう。フィンは頷いた。

「多分、大丈夫だよ！　そうだ、もう少し大きくなったら師匠も乗せて飛べるね」

ヘンドリック校長が聞いたら、それでなくとも放浪癖《ほうろうへき》のあるルーベンスがサリヴァンに居着かなくなると眉をひそめただろう。バースと二人乗り用の鞍について話し合い、ウィニーにそろそろ降りてこい！　と指示を出した。

『もっと飛んでいたいのに……』

フィンは人に竜を馴らすためにも、ウィニーの姿を頻繁《ひんぱん》に見せた方が良いのかもと考えた。

『師匠と話し合って、遠距離飛行訓練も計画してみるよ』

まだ飛んでいたかったと不満をもらすウィニーを、羽根の付け根の筋肉の成長具合をチェックしているバースに任せて、ルーベンスの塔へ向かった。

グラウニーが孵ってからは、教授達の関心がそちらに移ったので、フィンに付いて来ることもない。フィンは師匠に人が竜を怖がらないようにするには何をしたら良いのかを相談しようと考えながら、螺旋階段を上る。

七　竜を怖《こわ》がらないで

フィンは師匠にどうしたら人々が竜を怖がらなくなるのかと質問した。

「おいおい、無茶を言うな。私も竜を見るのはウィニーが初めてなのだぞ。魔法学校で竜が怖がられていないのが例外なのだ。基本的に魔法使いは竜と話せるし、ウィニーを雛の時から知っているから怖れない。だが、竜は大型肉食獣だから、普通の人々は怖がるだろう」

フィンも、確かにウィニーぐらいの大きさの狼に会ったら怖いな、と身震いする。

「師匠の竜三部作を他の吟遊《ぎんゆう》詩人にも唄《うた》ってもらって、広めてはどうでしょう」

ルーベンスは他の吟遊詩人にねぇと、首を傾げた。

「流行《はや》れば頼まれなくても唄うだろうが、奴らは偏屈《へんくつ》でプライドが高いからなぁ。人に強制されるのは嫌がるだろう。どちらかというと、禁止されたら唄いたくなるような反骨精神を持っているからなぁ」

フィンは偏屈でプライドが高いのは師匠そっくりだと苦笑する。

「じゃあ、師匠があちこちで演奏《えんそう》して流行らせれば、吟遊詩人達も唄い出すんですね」

ルーベンスは、まぁそうなるなと頷いたが、今年は去年より体力が落ちているのを実感していた。

「私が唄うのは良いが、あちこちに旅をするのは夏休みまでは無理だ。まだまだフィンには教えなくてはいけないことが、山のようにある」

吟遊詩人として竜三部作を唄い広めるのは楽しそうだが、それよりフィンに王様や貴族達に都合良く使われない心構えを持たせなくてはいけないと考える。

（まだ倒れるわけにはいかない）

物思いに耽っていたルーベンスは、フィンのぶつぶつ言いながらの百面相《ひゃくめんそう》を見て、何か思いついたのだと察した。

「フィン？　何か考えがあるのなら言ってみなさい」

「ウィニーは羽根の力で飛んでいる訳じゃ無いんですよねぇ……だから、レオナール領から俺とファビアンを乗せて帰れたんだ。さっき、バースと二人乗り用の鞍を作る相談をしたんだ。師匠を乗せて、あちこちに行けばと思ったんだよ……でも、竜で演奏旅行なんかしたら、上級魔法使いだとバレちゃうね」

シラス王国ではサリヴァンを飛行する竜の存在が少しずつ噂で広まっていた。そして、その竜は一人しかいない上級魔法使いの物だと勘違《かんちが》いされている。

ルーベンスは吟遊詩人としての呑気な旅ができなくなるのは諦《あきら》めても良いが、他国への潜入調査が難しくなるのは困ると腕を組んで考える。

「夏休みにはバルト王国、サリン王国を巡《めぐ》ってみる予定だったが……」

フィンもそういえばと、このプランは無理だとがっくりする。

「サリヴァンの人達はウィニーの飛行訓練を見慣れているから、竜を怖いとは思ってないでしょ？　だから、飛行訓練を郊外に広げれば、徐々に見慣れてくれるよね」

ルーベンスは竜のことを真剣に考えている弟子のプランの穴に気づいた。

「フィン、それには重大な見落としがあるぞ。今日の宿題だ、考えておきなさい」

フィンは師匠の言う見落としって何かなぁと首を傾げながら螺旋階段を下る。ルーベンスはフィンに自分で思考する習慣を身につけさせたいと、勉強の方法でも工夫していた。

「竜を国民に受け入れさせる、簡単な手もあるのだが……フィンはまだ農民意識が抜けてないから、王族にはあまり近づけたくない」

国境線の視察を頻繁《ひんぱん》に行っているキャリガン王太子を、ウィニーでサリヴァンから送ってやれば軍や騎士団に対して竜は有益だと認知させられる。

しかし、フィンがキャリガン王太子のお抱《かか》え竜騎士のように扱われるのは困るし、萎《い》縮《しゅく》しては上級魔法使いとしての成長を妨《さまた》げる。ルーベンスは苦虫《にがむし》を噛み潰したような顔をした。

寮の自習室で宿題のレポートを書き上げると、フィンは指先でペンをクルクル回す。

「うう〜ん、何が問題なのかなぁ」

他の教科の勉強をしながらも、どうしたら人々に竜を怖がらないでもらえるかと考えていた。

「フィン？　そんなに難しいレポートじゃなかっただろ？　先生が授業中にヒントをくれていたし……」

他の生徒達は機嫌が良かった先生がヒントをくれたので、サッサと書き終えて談話室や自室に各々《おのおの》散っていた。レポートを集めて提出しようと、級長のラッセルはフィンが書き終えるのを待っていたのだ。

「ああ、ごめん……師匠からの宿題が頭の中から消えなくて……。俺が遅くなったんだから、持って行くよ」

ラッセルは別にレポートなんか遅くなっても良いと手を振って、先生の部屋に持って行く。

「ルーベンス様の宿題かぁ……難しそうだね」

談話室で話していたパックは、フィンがレポートを書き終えたみたいなので呼びに来たが、上級魔法使いの宿題と聞いて眉を寄せる。

「俺は難しいと思うけど、師匠はすぐに気づいたんだから、実は簡単なのかもしれない。

何か見落としているんだ! でも、わからなくて……」

ずっと考えているより、友達と話して気分転換した方が穴に気づくかもと、パックと談話室に向かった。三年生になったフィン達は暖炉の前のソファーを占領《せんりょう》して、串に刺したマシュマロを焼いて食べながら話し始めた。

窓際《まどぎわ》では、二年生のアンドリューが腹を立てて、フィンの方を見ないように外に目を向けていた。しかし内心では、グラウニーが見たくて仕方ないのを必死で我慢している。

(グラウニーはウィニーみたいに空を飛べるのかな? チビ竜を見たいけど、用事もなく高等科の四階に行くのは禁止されているし……。だいたい、何故ファビアンが竜をもらえたのだろう? 王太子の息子の私がもらえないのは変じゃないか!)

意地になって背中を向けているが、耳は暖炉前の三年生達の会話に集中させている。ウィニーの飛行訓練についてや、グラウニーの様子を話さないかと、チェックしているのだ。

「なぁ、ファビアンはちゃんとグラウニーの世話をできているのか?」

パックの声がアンドリューの耳に飛び込む。アンドリューの我慢も限界で、よく聞こうと窓際を離れて暖炉の方へ近づく。

「ファビアンはちゃんと世話しているよ。グラウニーはまだ夜中に餌を欲しがるから、寝不足気味で大変そうだけどね」

同級生だけでなく、談話室の全員が耳をそばだてていた。アンドリューはパック達がもっとグラウニーの様子を質問すれば良いのにと苛つく。

「ねぇ、グラウニーは土の魔法体系に属する竜なんだよね。ウィニーとは違うの？」

ラルフの質問に全員がフィンに注目する。

「今は色ぐらいしか違いはわからないな。ウィニーは青みがかった灰色だけど、グラウニーは緑色っぽいんだ。あと、グラウニーの脚はウィニーより強いし、ボール遊びより、ロープを噛んで引っ張る方が好きみたいだ。まだチビ竜だから違いははっきりしないけど、力が強いのは確かかな」

「ウィニーに今度乗せてよ！」

我慢に我慢を重《かさ》ねていたアンドリューからついに本音《ほんね》がこぼれた。三年生達の視線が突き刺さり、級長のユリアンが手を引っ張って窓際に連れて行こうとしたが、アンドリューは振り払った。

「ああ、二人乗りの鞍ができたら良いよ。サリヴァンの郊外まで、飛行訓練を広げようと思っているんだ」

気楽に引き受けたフィンに、周りの同級生達は我も我もと騒ぎ出した。

「おいおい、何の騒ぎなんだ！　あまり騒ぐと、マイヤー夫人の気に障《さわ》るぞ」

二階の談話室の騒ぎを、レポートを先生に提出して帰ってきたラッセルが諌《いさ》める。マイヤー夫人の怖ろしさに、大騒ぎは静まったが、皆がフィンの周りでウィニーに乗せてもらう順番で争っていた。

ラッセルは混乱を治めるために、フィンの側まで人垣《ひとがき》を掻き分けて近づくと、パンパンと手を叩いた。

「フィン？ ウィニーは人を乗せて飛行できるんだね」

「うん、二人乗り用の鞍ができたら、飛行訓練しようと考えていたんだ。でも、こんな大騒ぎになっちゃって」

ラッセルは早い者勝ちはまずいだろうと、皆に提案する。

「ウィニーに負担をかけ過ぎないように、体重の軽い人から乗せた方が良さそうだな。皆、体重を計《はか》って書いてくれ」

瞬《また》く間に、全員が体重計が置いてある風呂場へと急いだ。

「ありがとう、ラッセル。皆はこんなに竜が好きなのに、一般の人々は竜を怖がるんだよねぇ。師匠にウィニーを郊外でも飛行させて見慣れさせたら、竜を怖がらなくなるんじゃないかと言ったら、重大なことを見落としていると言われた。それでは駄目だと宿題に出されたけど、どこがいけないのかわからないんだ」

アンドリューは一番早く風呂場で体重を計って、紙に書きながらフィンとラッセルの会話を聞いていた。

「フィン！ そりゃあ、空を飛ぶ竜は怖くなくても、隣に竜が舞い降りたら民衆は怖がるよ」

アンドリューの言葉に、フィンは、なるほど！　とレオナール家の召使い達の反応を思い出した。

「竜を怖がらないようにするには、どうしたら良いんだろう？」

アンドリューは簡単だと、身を乗り出す。

「私に竜の卵をくれたら良いと思うよ！　ほら、私が竜に乗っていたら、皆は怖がらなくなるよ～」

「アンドリュー！　図々しいぞ！」

三年生から睨まれても、アンドリューは気にしない。フィンは、ヘンドリック校長がアンドリューの父親であるキャリガン王太子に竜の卵を渡せと言っていたな、と苦笑する。

「まぁ確かに、王族が竜に乗れば、宣伝にはなるよな……」

パックは少し羨ましげに呟いた。

「竜の卵を渡す相手は師匠が選ぶんだよ～。だから、それ以外の方法を考えなきゃ！」

上級生と揉《も》めるな！　とユリアンに窓際まで引っ張って行かれているアンドリューには気の毒だが、フィンはアシュレイについては秘密にしておきたいので、王族に竜の卵を渡したくないと考えていた。ルーベンスを盾にして断《ことわ》ったが、アンドリューの主張にも一理あることに気づいた。

（アンドリューかキャリガン王太子に竜の卵を渡すのは、最後の手段にしたい。何か竜を怖がらないようにする良い方法があるかな？）

フィンの今日の宿題は、アンドリューのおかげでできたが、問題は先送りになったままだ。

八　ウィニーで二人乗り

バースは二人乗りの鞍の試作品をつくった。後ろの人が持てる取っ手を付け、鐙《あぶみ》も付けたので足が固定できる。

「バースさん、乗ってみます？」

自分は体重が重いのではと心配するが、ウィニーは大丈夫だと頷く。

『羽根だけで飛ぶわけじゃないから』

鞍の改良をするためにも一度試した方が良いとフィンにも勧《すす》められて、バースはウィニーに乗る。

「重いと思ったら、無理しないで降りるんだよ」

バースはサリヴァンの上を一回《ひとまわ》りするだけだと、フィンにも細かく指示を出していたが、ウィニーが舞い上がると口を閉じた。

「バースさん？　大丈夫？」

余りに静かなので、フィンは心配になって後ろを振り返る。

「凄い……俺は空を飛んでいるんだ……」

空を飛ぶ鷹《たか》に憧《あこが》れて、厳《きび》しい修業《しゅぎょう》に耐えて鷹匠になったバースは、心の底から竜に惚《ほ》れ込んだ。

サリヴァンの上を一回りして竜舎の前に降り立っても、バースは茫然《ぼうぜん》としていたが、我に返るとウィニーの羽根や筋肉を傷めていないかチェックする。二人乗りの鞍を装着した背中を入念《にゅうねん》に調べて、異常がないのを確認すると、パンと硬い皮膚を叩く。

「大丈夫そうだな！　ウィニー、乗せてくれて、ありがとう」

御礼にと、バースは生きている鶏をウィニーに与えた。

フィンは同級生や下級生達を順番に乗せて、飛行訓練をしても良いかな？　とバースに相談する。

「ウィニーに乗って飛ぶのは、生徒達にはとても良い経験になるし、ウィニーにとっては二人乗りの練習になるな。体重の軽い生徒から乗せるのは、良い考えだ。それに、彼らが竜に乗ったと家族に話せば、少しずつ皆が竜を怖がらなくなるかもな」

魔法学校に在籍《ざいせき》する生徒は貴族や魔法使いの身内で、その家族もさほど竜に拒否反応はないが、確かに自分の子どもが竜に乗ったと知れば安心だと思うかもと頷く。

「地道に、竜に慣れてもらわないといけないんだ。確かに空を飛ぶ竜と、隣に舞い降りた竜とでは怖さが違うだろうけど、見慣れていくのも無意味じゃないよね。それと、ファビアンはノースフォーク騎士団に入団するから、馬が竜を怖がらないようにしないといけないんだ。バース？　良い考えは無いかな？」

バースは、馬は肉食獣に怯える動物だからなぁと、首を捻《ひね》った。

「あっ、でも訓練された軍馬は狼も蹴《け》り殺すと聞いたことがあるから、方法は無い訳ではないか……」

フィンがウィニーを蹴る軍馬を想像して顔をしかめたので、バースは言葉を濁《にご》す。

「まぁ、師匠にも相談してみるよ。そろそろグラウニーも寮に慣れたから、ファビアンと一緒に師匠の授業を受けるしね」

バースも、ファビアンの授業中はグラウニーを預かると伝えてくれと、ウィニーにブラシをかけながら頼んだ。

フィンとしては、ウィニーの飛行訓練は今までと同じように昼から行いたい。そうなると、他の生徒は本来の授業を休んで飛行訓練をすることになる。その許可書を書いてもらおうと、ルーベンスの塔へ向かった。

「ウィニーに生徒を乗せるのは、良い考えだが……」

ルーベンスは他の教授達も乗りたがるのでは、と心配する。

「体重の軽い生徒から二人乗りさせるつもりです。距離も少しずつ延ばしていくし……」

「そうか！　体重順なら、教授達はなかなか番が回ってこないな。これをヤン教授に渡しなさい。後は、スケジュールをヤン教授と相談して決めれば良い」

サラサラと二人乗りの飛行訓練の許可書を書いて、フィンに後は任せると、ソファーに座って竪琴《たてごと》を爪弾《つまび》く。

「ええっ？　師匠からヤン教授に話してくれないの？」

ちらりと竪琴から目を上げると、そのくらい自分で段取りをつけろと叱った。厄介《やっかい》なことは御免《ごめん》だとまた爪弾き始めた師匠に、フィンは溜め息をついて螺旋階段をとぼとぼと下りる。

フィンにとってヤン教授は、学科指導の恐ろしい存在だ。

『竜の飛行訓練のために、生徒の協力を願う。ルーベンス』

たった一行の走り書きを、これで許可が下りるのかと疑わしそうに眺めるが、深呼吸してヤン教授の部屋のドアをノックした。

「ヤン教授、フィンです」

入りなさい、との声で、フィンはできたら全生徒が行きたくないと思っている部屋に、勇気を出して踏み込む。

ヤン教授はいつものように机に山積みの書類に、ペンで何かを書き込んでいた。

「フィン？　何か用事なのか？」

フィンに学習面の問題は無いはずだがと、ヤン教授は書類から目を上げる。

「あのう、これを師匠から言付《ことづ》かって来ました」

フィンが差し出した紙を読んで、ヤン教授は溜め息をつきたくなる。

（ルーベンス様！　こういうことは生徒に言付けて終わらす話ではなく、師匠の仕事でしょう！）

フィンを椅子に座らせて、二人乗りの飛行訓練で他の生徒に協力させる内容を説明させる。

「皆、ウィニーには乗りたがるだろうが、不公平になっては揉め事が起こるぞ」

「寮で希望者が多かったので、体重の軽い順で乗せることにしたのです。ウィニーにも負担にならないように」

師匠がサボると弟子がしっかりするのだなと感心し、ヤン教授は許可を出す。

「昼からは一年生や二年生は教養の時間だし、三年生は魔法学だ。一回くらい授業を受けなくても、支障が出にくいから良いだろう。しかし、乗る方も初心者なのだから、最初は十分くらいにした方が良いな」

ヤン教授は体重順の表を見て、スケジュールを組むのを引き受けてくれた。

最初の飛行訓練に選ばれたのは体重の軽い一年生で、上級生の『お前ら遠慮しろよ！』という視線に耐えた五人だった。二年生で、一年生より体重が軽い生徒も少人数いたが、ヤン教授は学年別にしたのだ。

二人乗りの飛行訓練の初日、ヤン教授だけでなく、他の授業が無い教授達も竜舎の前に勢揃《せいぞろ》いしていた。

フィンは大袈裟になったなぁと、溜め息をつきたくなったが、緊張している一年生達に注意をする。

「俺も初めてウィニーに乗った時は目が回ったから、気分が悪くなっても恥《は》ずかしくないからね。で、ウィニーに跨《また》がったら、足を鐙《あぶみ》にかけて、取っ手をしっかり持つんだ。えっと、君が一番軽かったよね。今回はサリヴァンの上を一回りするだけだけど、もし怖くなったら言ってね」

一番手の生徒はウィニーが腹這《ば》いになってくれているので、簡単に跨がって鐙に足を置いた。しかし、一番軽いだけあって身長も低いので、鐙につま先がかろうじて掛かっているだけだ。

「バース、鐙の長さを調整できるようにしなきゃ」

一年生には少し長すぎた。そうやってフィンとバースは鞍の改良の余地をチェックする。

「取っ手をしっかりと持ってね。ウィニーは飛ぶ前に、後ろ足で立つからね」

フィンは慣れた様子でウィニーに跨がると、ちゃんと持ち手を握っているのを確認して、

『飛べ！』と命令した。

『サリヴァンの上だけなの？』

遠乗りをしたがるウィニーに、初めて飛ぶ下級生を乗せているからと宥める。

「うわわぁ～！　僕、空を飛んでいる！」

フィンは夢中でサリヴァンを眺めている下級生の反応に、大丈夫そうだと安心する。

「そろそろ、降りるよ」

今日は五人に飛行することを慣れさせるだけだと、ヤン教授に指導されている。

「ええっ！　もう、お終《しま》いなんですか」

ウィニーと同じ感想だとフィンは苦笑するが、待っている生徒もいるので下に降りる。

『ウィニー、ありがとう！　フィン、ありがとうございます。また乗せてくださいね』

興奮しながらフィンとウィニーに御礼を言うと、待っていた同級生達に「どうだった？」と取り囲まれて質問攻《ぜ》めにされていた。

次々と一年生を乗せてはサリヴァンの上を一回りし、二人乗りの飛行訓練を終える。一年生達は最後にウィニーとフィンに、キチンと御礼を言って午後の授業に向かった。

ここまでは順調だったが、見学していた教授達も乗せて欲しいとゴネだした。

「ええっ！　先生はとても重そう……いえ、かっぷくが良いから……」

フィンは飛行訓練の時間は同じだけど、慣れていない一年生達に気を使ったので、少し疲れていた。

「ウィニーの飛行訓練は、今日はお終いだ！　まだ成長しきってないから、無理はさせられない」

いつ現れたのか、ルーベンスの鶴《つる》の一声で、ウィニーが成長したら乗せてくれと頼んで教授達は退散《たいさん》した。

「フィン？　お前は疲れているな？　二人乗りの飛行訓練は、無理じゃないのか」

ルーベンスの言葉に、ヤン教授は驚く。

（ルーベンス様も、やっと師匠らしくなられたのか……）

フィンは確かに疲れたけど、ウィニーに乗った一年生達の喜ぶ顔を思い出して、続けさせて欲しいと頼む。

「今回は少し気を使ったので疲れたけど、二回目からは一人ずつだから大丈夫だよ。それに、ウィニーも他の生徒達と仲良くなれるし」

ウィニーはバースに身体のチェックをしてもらいながら、くぴくぴと鳴く。

「ヤン教授、フィンと相談して、飛行訓練のやり方を決めてくれ。今回みたいにフィンとウィニーが疲れないように気をつけてくれ」

後は任せると、サッサと塔へ帰った師匠をフィンは引き留める元気もない。ヤン教授は結局は気儘なルーベンス様のままだと、溜め息をついた。

こうしてウィニーの二人乗りの飛行訓練は春学期中続けられることになった。

九　グラウニーは飛べるのか？

グラウニーも二週間もしたら、夜中には餌を欲しがらなくなり、ファビアンは熟睡できるありがたみを感じた。

ファビアンは師匠のモービルに、グラウニーを見せてくれとせがまれていたので、バスケットに入れて連れて行った。

『グラウニーは土の魔法体系に属しているのだな？』

モービル師匠の質問に、まだ幼いグラウニーはくぴくぴと鳴くだけだ。

『眠い……』と呟くと、バスケットの中で丸くなって眠ってしまった。

風の魔法体系に属するモービル師匠は、本当はウィニーを観察したくて仕方がないのだが、ルーベンスとバースに阻《はば》まれていたのだ。それでも、グラウニーの眠る姿をうっとりと見つめる。

「風の魔法体系の竜と、土の魔法体系の竜は違うのだろうか？　ファビアン、この貴重な竜の育成記録をしっかりと記入するのだよ。ウィニーは確か期末試験の頃には飛んでいたなぁ」

一年後はグラウニーに乗せてもらえるかもと期待している師匠に、ファビアンは卒業させてもらえるかな？　と少し不安になる。

ファビアンは、ウィニーは空中でボールをキャッチしたりするのが好きだったと思い出して、グラウニーがジャンプなどをあまりしないことが心配になってきた。

「モービル師匠、グラウニーは飛べますか？」

ファビアンは、ウィニーのチビ竜の時と、お気に入りの遊びも違うし、脚も強そうだと指摘する。モービル師匠は真剣に脚を眺める。

「羽根があるのだから、グラウニーも飛べるだろう。しかし、ウィニーは風に乗って飛んでいるのだ。グラウニーは風に乗れるのだろうか？」

モービル師匠はルーベンスに相談してみるようにと勧めた。ファビアンの能力は高いし、上級魔法使いのルーベンスに指導してもらえたら、良い結果をもたらすのではと期待したのだ。

ファビアンはフィンから、ルーベンスがグラウニーを見たがっていると伝えられていたので、塔へ向かった。

「やぁ、ファビアン！　あっ、グラウニーも一緒だね」

塔に向かう途中で竜舎に立ち寄ると、フィンが居た。フィンの魔法学の授業は、天気の良い日はウィニーの飛行訓練に割り当てられている。今日はアンドリューが二人乗りする番だ。

アンドリューはファビアンなんかと話してないで、サッサと飛びたいとウズウズしているが、バスケットの中のグラウニーも見たかった。

（グラウニー、少しは大きくなったかな？）

フィンが気楽にバスケットを開けてくれたので、アンドリューも覗き込む。

成長したウィニーで飛ぶのも楽しみだが、チビ竜のグラウニーも可愛い。

（可愛い～！）

「あっ、ファビアン、授業中は竜舎でグラウニーを預かるぞ」

バースが竜舎からウィニーの鞍を持って来て、ファビアンのバスケットの中を覗き込みながら声を掛けた。

「まだほとんど眠っていますから大丈夫です。フィン、ウィニーはいつ頃から起きている時間が増えたのかな？」

「五月の終わり頃は、食事の後も起きていたよ！」

アンドリューが口を挟んで、ファビアンはお前に聞いてないと思ったが、フィンもその頃かなと頷く。

「じゃあ、五月の中頃から、朝ご飯を食べさせたら、こちらに連れてきます。バースさんには馬が怯えないようにする方法を、一緒に考えて欲しいし」

ルーベンス様にグラウニーを見せなきゃと、ファビアンは塔に向かった。

アンドリューはグラウニーに少し気を惹かれたが、フィンがウィニーに二人乗り用の鞍を付け出すと、空を飛ぶんだ！　と期待で心臓をばくばくさせる。

何回かの改良を加えて、二人乗り用の鞍も乗りやすくなっていた。

「アンドリュー？　大丈夫？」

後ろを振り向いて、いつもは生意気なアンドリューが無口なのを心配する。

「気分が悪くなっても、恥ずかしくないんだからね」

自分が高所恐怖症《こうしょきょうふしょう》だと、ウィニーと空を飛んでから気づいた生徒もいたので、フィンは注意して飛ぶことにしている。

『ウィニー、さぁ飛ぼうか！』

アンドリューは空に舞い上がる時の空気の流れに、一瞬目を閉じた。

「わぁ～！　空を飛んでいる！　あっ、王宮が下に見えるよ～」

下を見ても平気なら大丈夫そうだ、とフィンは安心する。気分が悪くなる生徒は、下を見ると目眩《めまい》がするのだ。

「アンドリュー、大丈夫なら、少し郊外まで飛行訓練するよ！」

アンドリューは、もちろん！と大喜びだ。

『アンドリュー！　気持ち良いかい？』

ウィニーはアンドリューによく遊んでもらったので、仲が良い。

『ウィニー、乗せてくれてありがとう！　もっと、早く飛んで！』

ウィニーは笑って、羽根に風を沢山受ける。

『ちょっと、無理しないでよ。風をそんなに受けて大丈夫？』

フィンにはウィニーが周りの風を集めて羽根の後ろに流していくのが、薄い水色の線になって見える。アンドリューは風を利用してウィニーが飛んでいるのだとは気づいたが、魔法で集められた風を見ることはできなかった。

郊外まで飛行訓練して、竜舎の前に舞い降りたウィニーにアンドリューは改めて御礼を言う。

『ウィニー！　ありがとう。馬だったら数時間かかる距離が、あっという間に行けるんだね。父上も乗せて欲しいな……』

北部のサリン王国とカザフ王国が婚姻《こんいん》で結《むす》ばれようとしているので、近頃のキャリガン王太子は頻繁に国境の視察に行って疲労が溜まっていた。我《わ》が儘殿下《ままでんか》のアンドリューだが、父が竜で移動できれば、少しは楽になるのではと考えていたのだ。

フィンもそれについては少し考えてみなければと思ったが、やはりアンドリューはアンドリューだった。

「ねぇ、フィン！　ルーベンス様に、私に竜の卵を渡したら、父上を乗せて視察に送って行けると言ってもらえないかな？」

フィンは少しでも自分が譲歩《じょうほ》する気配を見せると、ぐいぐい押してくるアンドリューに、きっぱりと宣言する。

「竜の卵を誰に渡すかは、師匠がお決めになるよ！　誰の言うことも、お聞きにならない！」

アンドリューはチェッと内心で舌打ちしたが、どうもあのルーベンスが竜の卵を渡す相手を選んでいるとは思えないと疑惑《ぎわく》を持っていた。

（フィンは余りにもキッパリ言い過ぎだよ。何だか怪しい……。だって、ルーベンス様が何でファビアンに竜の卵をあげるんだよ？）

アンドリューは、ファビアンがフィンに頼んで竜の卵を手に入れたのではないかと疑う。やる気のないルーベンスは、竜の卵を渡す相手を考えていないのではと、的外《まとはず》れな推理のわりにはそこそこ真実に近づいていた。

アンドリューは竜の卵を手に入れるために、人間関係を気にするようになっていた。今までよりは周りを観察するようになってきたが、だからといってすぐに思いやりのある性格になる訳では無いし、空気を読める訳でも無い。

フィンも以前ならアンドリューが王族だからと遠慮していたが、ここまでぐいぐい押し込まれると、キッパリとした拒否をしなければならないと強くなっていた。

この二人は、押したり引いたりしながら成長していくことになる。

十　ルーベンスとファビアン

ファビアンはフィンが一緒だと心強いのにと思ったが、飛行訓練では仕方ない。一人でルーベンスの塔を上る。

この塔を上るのは四度目だ。一度目はルーベンスの塔の試練、二度目はフィンに連れて行かれて竜の卵をもらい、三度目は桜の残留魔力で卵を孵すように教えられた。

バスケットの中のグラウニーには愛情というか絆《きずな》を感じているので、竜の卵をくれたルーベンスには感謝している。しかし、どうしてもルーベンスの塔の試練に合格しなかった時の落胆《らくたん》を思い出すので、螺旋階段を上りながら緊張してしまうのだ。

ファビアンは大きく深呼吸して、ルーベンスにグラウニーのことで質問が山ほどあるのだと、勇気を出して塔を上った。書斎《しょさい》である四階に着くと、前には無かったテラスと大きな掃き出し窓があり、外の光が差し込んでいた。

「ルーベンス様、フィンからグラウニーを見たいとの伝言をもらい、参上しました」

ルーベンスは長椅子で竪琴を爪弾いていたが、グラウニーを見たいので作曲を中断する。

「ファビアン、良いところに来た。フィンからグラウニーとウィニーの違いを聞いて、見てみたいと思っていたのだ」　本当はチビ竜の可愛い姿を見たかったのだが、ルーベンスは格好を付けて、学術的な興味があったように言う。どれどれとバスケットを開けると、グラウニーはすぅぴぃ～と、寝息を立てて眠っていた。

「まだ卵から孵って二週間かぁ、食べては寝るだけだなぁ……おお、孵角はもう取れたのか？」

寝ているチビ竜の可愛さに、ついのめり込んでしまったルーベンスだが、少し冷静を装《よそお》って椅子に座り直す。

「孵角はグラウニーを呼び出したりできる。フィンは孵角をペンダントにして身に付けているが、ファビアンも工夫して持ち歩いた方が良いだろう。卵の殻の使い道はまだわかっていないがなぁ」

ファビアンもグラウニーの孵角が取れた瞬間は狼狽《うろた》えたのだが、ウィニーには角が無いし、フィンから聞いていたのを思い出して大切に保管してあった。

「ファビアンもグラウニーの育成記録を付けているのか？　今度、持って来なさい。フィンにも記録を付けさせているのだが、どうも手当たり次第に書きなぐっているだけで、研究の資料として役に立つのやら……」

ルーベンスは防衛魔法の研究のためにアシュレイの弟子達の著書《ちょしょ》だけでなく、残っている手紙や日記や原稿の下書《したが》きなどを調べていたので、フィンの汚《きたな》い文字や、間違った部分をくちゃくちゃと黒く塗り潰した育成記録を読む後世《こうせ》の人間は、苦労するだろうと溜め息をつく。

（餌の量や、糞《ふん》の回数、お気に入りの遊び、可愛い様子などを思いつくままに書きなぐっているだけだ……餌の量などは、バースに任せておけば良いのだ。ウィニーの魔力の使い方などを記録すべきだろう）

チビ竜の時ならバースもいなかったので、餌や排便の回数を書き記す必要もあっただろうが、今は上級魔法使いの弟子として見るべき点が他にあるだろうと考える。ヤン教授がルーベンスの嘆《なげ》きを知ったら、それを指導するのも貴方《あなた》の仕事です！　と腹を立てただろう。

「グラウニーの育成記録を持ってきます」

ファビアンは機嫌の悪そうなルーベンスと二人きりの空気に耐えかねて、部屋まで育成記録を取りに行く。

ルーベンスはファビアンが居なくなると、これ幸いとガバッと椅子から立ち上がり床に座り込んで、バスケットを覗き込む。

「可愛いなぁ～！　グラウニーやぁ！　おや、本当にウィニーより脚が発達しているなぁ」

成長したウィニーも愛《いと》しいが、チビ竜にはこの一時期にしかない可愛さがある。バスケットの中で丸まって眠っているグラウニーの脚は逞《たくま》しい。これは土の魔法体系に属するからか？　単に個性なのか？　とじっくりと観察した。

戻ってきたファビアンが塔の扉を開けたのを察知して、ルーベンスはおたおたと長椅子に戻り、暇つぶしに竪琴を爪弾いていた風を装う。

「お待たせしました、これがグラウニーの育成記録です」

差し出された育成記録は、系統立てて記録されていた。ファビアンの神経質そうな整《ととの》った字を見て、ルーベンスはこの落ち着きをフィンに見習って欲しいと思う。

「よく観察されている。この調子で育成記録を書きなさい」

格好を付けて合格点を出したが、自分も弟子のフィンに何か指導しなくてはいけないのでは？　と遅《おそ》まきながら気づく。

「ルーベンス様、グラウニーは飛行できるのでしょうか？　羽根もウィニーより小さい気がするのです」

ファビアンは眠っているグラウニーの羽根をソッと持ち上げると引っ張って、ルーベンスに見せる。

「ふぅむ、確かにウィニーの羽根より小さいかもしれないな。しかし、ウィニーも羽根の力だけで飛行しているのではない。空気の流れに乗って飛行しているのだ」

ファビアンも領地からサリヴァンへ帰る時に二人乗っても大丈夫かと心配したが、羽根の力だけで飛ぶ訳じゃないと説明された。

「でも、ウィニーは風の魔法体系に属する竜だから、飛行できるのではないでしょうか？　グラウニーは土の魔法体系に属しているので、風の魔法体系は苦手かもしれません」

グラウニーが飛行できなくても愛しさは変わらないが、できれば乗って飛行したい。

「グラウニーが成長するまでは私にも断言《だんげん》はできないが、竜は魔力の塊だ。土の魔法体系に属していても、風を捕《つか》まえることぐらいできるだろう。もう少し起きている時間が長くなったら、グラウニーに魔法の技の指導をしてやろう。ファビアンの師匠は、モービルか……魔法学の授業の半分はここに来なさい。いずれは飛行訓練もしなくてはいけないからな」

ファビアンは、上級魔法使いに魔法の技を習えるのは光栄だが、自分ではなくグラウニーに技を教えるのかとがっくりする。

お互いに何となく話が続かない。

その時、ダダダダダ〜ッと、螺旋階段を駆け上る音が響く。

「あんなに慌てて！　転ばなければ良いが……」

フィンを心配した途端、ドテッと音がして、痛っい〜！　と叫び声も聞こえる。

「やれやれ……いつになったら落ち着くのやら……」

「師匠！　ファビアンとグラウニーはまだいますか？」

足を滑《すべ》らせて螺旋階段の壁にぶつけた額を手の平でこすりながら、フィンが賑《にぎ》やかに書斎に入ってくる。

「あっ、良かった！　ウィニーがグラウニーに会いたがっているんだ」

フィンはそう言うと掃き出し窓を全開にして、テラスから身を乗り出してウィニーを呼んだ。バッサァとウィニーがテラスに舞い降りて、すたすたと歩いてくる。

ファビアンはルーベンスの許可も無く、やりたい放題のフィンに驚いたが、上級魔法使いはいつものことなので驚きもしない。

「フィン、額の傷を治してやろう」

ちょいちょいと治療《ちりょう》の技を掛けるのも、慣れている様子だとファビアンは呆れる。傲慢《ごうまん》だと言われているファビアンでさえ、自分の師匠のモービルにはもっと礼儀正しく接していた。

その間も、ウィニーはバスケットの中のグラウニーを嬉しそうに眺めている。

『ウィニー、グラウニーは飛べるのかな？』

落ち着きは無いが、フィンはファビアンが心配しているのに気づいていた。

『羽根は何のために付いているの？　飛ぶためだよ、グラウニーも飛べるよ』

くぴぴと、グラウニーは同族の気配を感じて目を開ける。

（可愛いなぁ～）

フィンとウィニーはチビ竜に夢中だ。

「ほら、師匠！　グラウニー、可愛いでしょう」

ファビアンに、良い？　と目線で尋ねてから、グラウニーを抱き上げてルーベンスの膝《ひざ》に乗せた。

（うっ！　可愛い！）

膝の上のグラウニーはアヒルの雛ほどの大きさだ。

「うぅむ、グラウニーの脚は発達しているから、飛行だけでなく走るのも速いかもしれないな」

冷静な態度の師匠に、あんなにグラウニーに会いたがっていたのに変なの？　とフィンは首を傾げた。

「そうだ、ファビアン。あのことはもう聞いたの？」

フィンの言葉に、ファビアンは首を横に振る。

「ええっ？　今まで何をしていたの？　師匠！　ファビアンはノースフォーク騎士団に入団するんだけど、馬が竜を怖がったら困ると悩んでいるんだ。何か良い考えは無いかな？」

自分がアンドリューと飛行訓練している間、何をしていたんだろう？　と不思議そうなフィンに、ルーベンスはファビアンの見事な育成記録を突きつけた。

「ほら、お前もこのくらいキチンとした育成記録を書きなさい」

フィンは、ぺらぺらと捲《めく》って、ひえぇ～と叫ぶ。

「ファビアンって字が綺麗だねぇ～。騎士になりたがっているから、何となく雑な字だと思っていた」

失敬《しっけい》な！　とファビアンは思ったが、フィンがルーベンスに、お前の字が汚いのだ！と叱られているので黙っておく。

「俺だって綺麗に書こうと思えば書けるよ～。でも、頭に浮かんだことをサッサと書かないと忘れちゃうから……」

ルーベンスは、だからフィンの育成記録はぐじゃぐじゃなのだと溜め息をつく。

「頭で考えて纏《まと》めてから書くのだ！　それと、もっとウィニーを魔法使いの目で観察しなさい。お前の記録は可愛い様子ばかりだ……」

うん？　とルーベンスは何かが引っかかった。

はい！　と返事だけは素直なフィンは、それより、ファビアンの心配はどうするの？　と質問する。

「お前という奴は！　返事だけではいけないぞ！」

それにもわかったとだけ頷くと、どうやったら馬は竜を怖がらなくなるの？　とルーベンスを急かすフィン。

ファビアンはフィンの師匠は大変そうだと、ルーベンスに同情する。

「馬は本能で肉食獣の竜を怖がるだろうが、暴れるのを防ぐことはできる。フィン、お前もできるはずだ」

「俺にもできるの？」と首を傾げているフィンを見て、ルーベンスの弟子もまた大変だとファビアンは思う。

モービル師匠の懇切丁寧《こんせつていねい》な指導のありがたみを、しみじみと感じた。

「今日の宿題だ、考えておきなさい」

ルーベンスは愛しそうに撫でていたグラウニーが空腹を訴え出したので、バスケットの中に戻して、授業の終わりを告げる。ウィニーはもう少しここにいると言うので、ファビアンはフィンと一緒に塔を下りた。

「なぁ、いつもあんな感じなのか？」

魔法学の授業というより、お祖父《じい》さんと孫の会話のようだとファビアンは呆れる。

「やっぱり！　師匠は魔法の技を全然教えてくれないんだ！　ラッセルやラルフは師匠からいっぱい技を習っているのに！　俺がチビだから、身体に負担をかけちゃいけないとか言ってるけど本当なの？」

フィンは魔法の技を習ってないと不満を口にするが、ファビアンが言ったのは上級魔法使いに遠慮なくぽんぽん話しかけている態度や、それが普通になっていることだ。

ルーベンスは内緒でウィニーにハムをやりながら、弟子がフィンで良かったと溜め息をつく。ファビアンの前で格好を付けたので、肩が凝《こ》ったと腕をぐるぐると回した。

『ルーベンス？　どうしたの？』

ハムをもらって機嫌の良いウィニーは、不思議そうに見つめる。

（いや、ウィニーは可愛いなぁ～、こんなに可愛いのに皆は何故怖がるのか……そうだ！フィンの育成記録だ！）

上手くいけば最高の宣伝になると、ルーベンスはほくそ笑んだ。

（それに、これもフィンの宿題になる）

ヤン教授なら、宿題を出すだけが師匠の仕事ではないと叱っただろう。そんなヤン教授はこの件でも酷《ひど》い目に遭《あ》うのだが、そんなことは露知《つゆし》らず、問題のある生徒達の成績表と睨めっこしていた。

（ユリアンとアンドリューか……）

夏休み前にヤン教授に呼び出されるのは一年生全員と、成績不良者と、飛び級を要求する生徒だった。

十一　変化

フィンはファビアンと寮まで帰りながら、首を傾げて考えていた。

「俺が馬を大人しくさせる方法を知っていると師匠は言っていたけど……何だろう？」

ファビアンはグラウニーをノースフォーク騎士団に連れて行きたかったので、フィンが難問《なんもん》を解いてくれるのを期待する。

「頑張って、宿題をしてくれよ！」

そう言うと、ポンと肩を叩いて、四階へと足取りも軽く階段を上る。

「ちぇっ、気楽そうに……でも、俺は知っているんだよなぁ～」

フィンは、ふとしたきっかけで思い出せそうなのに思い出せない苛々《いらいら》をぶつけて、ベッドにダイブした。ごろごろとベッドの上を転がっていたが、大きな溜め息をつくと、反動をつけて立ち上がる。

「こんなの考えていても、思い出せないよ！　他の宿題を済ませて、少し竪琴でも練習しよう」

今年の夏休みも師匠と吟遊詩人としての旅だけど、サリン王国やバルト王国を偵察《ていさつ》するかもしれないので、その国の曲を練習しておきたい。サッサと宿題を済ませると、フィンは竪琴の練習をしながら友達と話をしようと、一石二鳥《いっせきにちょう》を目論《もくろ》んで談話室へ向かう。

「だから、お前の代わりにマリアンを乗せて欲しいと頼んでいるんだ！」

近頃は談話室にはあまり顔を見せないアレックスが、同級生と揉めていた。

「何を騒いでいるの？」

フィンがパックに尋ねようとしたら、アンドリューが口を挟んできた。

「ウィニーに女の子を乗せたいから、順番を譲れと言っているんだ。何故、フィンに頼まないのかな？　あっ、またウィニーに乗せてね！」

ちゃっかり二回目の二人乗りの予約をするアンドリューに、考えておくと言って即答を控《ひか》える。

「エリザベスやフィオナはもう乗せたから、マリアンが拗《す》ねたのかな？」

パックの言葉にフィンは首を傾げる。女の子は体重とは別に、希望者全員を一年生同様に短い時間だけど纏めて乗せていた。

「いや、一応は声を掛けたけど、マリアンとアンジェリークには竜なんかに乗らないと断られたんだ。まぁ、アレックス達も乗りたくないと断ってきたけどね」

相変わらずアレックス達とは仲良くできないままだ。フィンも別に彼らをウィニーに乗せたい訳では無いが、義理で声を掛けたのだ。

アレックスはフィンの顔を見ると半歩前に出たが、くるりと踵《きびす》を返して談話室から出て行った。フィンはアレックスなんか気にする義理はないと、暖炉の前のソファーに座ると竪琴の練習を始める。

「なぁ、フィン……」

リュミエールが横に座って、何か言いかけて口を閉じた。

「ごめん、うるさかった？」

前よりは上達したが、今回はサリン王国やバルト王国のあまり聞き慣れない曲の練習をしていたので、まだ上手くは奏《かな》でられない。音楽に詳《くわ》しいリュミエールには耳障《みみざわ》りだったかなと、フィンは竪琴を横に置いた。

「いや、竪琴の練習はしてくれて構わないよ。さっきの、アレックスが揉めていた件なんだけど……私はかなり後なんだよなぁ」

リュミエールは背も高く、体重順では遅い方だ。

「何？　アレックスに順番を譲ってくれって、ゴネられたの？」

少し不快そうな顔をしたフィンに、リュミエールは慌てて弁解《べんかい》する。

「アレックスはマリアンのために必死なんだ。見栄《みえ》っ張《ぱ》りなマリアンに、そんなことしてやる価値は無いのになぁ。まぁ、アレックスとしては初恋の相手に振られても、良い格好をしたいのかな？」

フィンが意味がわからないと首を捻っていると、パックが説明してくれた。

「マリアンはこの学期で魔法学校を辞めるのさ。何でもクレイブ伯爵《はくしゃく》家の三男かなんかに嫁《とつ》ぐみたいだよ。アレックスったら、マリアンに振られたのに、頼まれたのかな？」

「マリアンの婚約者が竜に興味があるとかで、つい乗ったことがあると嘘をついたみたいなんだ。で、アレックスに誰かに順番を譲ってもらってと、頼んだんだよ。クレイブ伯爵家の方がマリアンの家より格上だから、気を使っているんだ」

リュミエールは自分が代わってやると言ったが、試験前では困ると断られたと肩を竦める。

「魔法学校で下級魔法使いの免許をもらうことが、持参金の代わりなんだってさ。マリアンの家は商船を海賊に拿捕《だほ》されて、持参金を払えないそうなんだ。だから、期末テストで下級魔法使いの免許をもらうために、必死で勉強しているみたいだよ」

フィンは、パックがやけに詳しいことに感心する。

「フィオナから聞いたんだろう！」

リュミエールにからかわれて、パックは違うと否定したが、顔が真っ赤《まっか》だ。

「マリアンとは仲は良くなかったけど、お嫁に行くなら餞別《せんべつ》代わりに乗せてあげるよ。リュミエール、いつでも良いと伝えてよ」

リュミエールとパックも、マリアンが急に嫁ぐのは何か事情があるのだろうと思っていたので、ウィニーに乗りたいなら見栄っ張りでも叶えてやりたいと思った。

この日、フィンは全く師匠の宿題ができなかった。

次の日、リュミエールから伝言を聞いたマリアンは、授業の合間《あいま》にフィンの席までやってきた。

「竜に乗せてくれると、リュミエールから聞いたわ。絶対に乗りたいって訳じゃ無いけど、エリザベスやフィオナも乗ったと自慢しているし……」

フィンは相変わらずマリアンとは理解し合えないと溜め息をつく。

「婚約者が竜に興味があるんだろ？　まだ十四歳なのにもう結婚するの？」

マリアンはずけずけと言うフィンに、田舎者は遠慮を知らないと腹を立てた。

「失礼ね、もうすぐ十五歳だし、結婚は十六歳になってからよ。貴族の嫁入りには、支度や、色々と準備が必要なのよ！　それに誤解しているかもしれないけど、ジェレミー卿はとっても素敵な紳士《しんし》なのよ！」

自分が同情する必要はなさそうだと、フィンは気が楽になった。妹が二人いるフィンは、女の子に甘い。アレックス達が財産を食いつぶそうと全く同情はしないが、高飛車《たかびしゃ》で我儘なマリアンでも、結婚して不幸になって欲しくなかった。

マリアンは最後までマリアンらしく、自分の都合の良い日を告げてフィンの側から去った。

「フィン？　あんな態度でも乗せてあげるの？　私はまだ乗せてもらってないよ」

側で見ていたベンが愚痴ったが、早く乗りたいなら体重を軽くするしかないと、フィンは男には結構厳しい。

「ちぇっ、マリアンには優しいのにさぁ！　所詮《しょせん》、フィンも可愛い女の子に弱いんだなぁ～！　ウィンク一つで心を乗っ取られて」

ウィンクなんかしてもらってないよと笑ったが、ハッと閃《ひらめ》いた。

「ああ！　ベン、ありがとう！　師匠の宿題が解けたよ！　心を穏《おだ》やかにさせたんだ！」

ベンの小太りの肩を、バシバシ叩いて感謝する。

「痛いなぁ～！　感謝するなら、順番を繰り上げてよ」

ウィニーに乗った生徒がどんどん増えるのを羨ましく思いながら順番を待っているので、早く乗りたいとせがむ。

「夏休みまでには、順番が来るさ！」

宿題が解けて上機嫌なフィンだが、順番を狂わせると全員から苦情が来るのは目に見えているので、ベンの要求をやんわりと拒否した。

ラルフとパックはもうすぐ自分の番なので、ベンに横入りされなくてホッとする。

「フィンは断るのが上手くなったね。笑顔で断るから、みんな文句がつけにくいんだ」

ラッセルは背が高く細身だが、身体を鍛《きた》えて筋肉もついているので、背だけひょろりと伸びたラルフとパックより順番は遅かった。しかし、どう見ても自分より重いベンが先に乗ったら、何となく面白《おもしろ》くなかっただろう。

「そういえば、前にアンドリューが二回目をねだっていたけど、考えておくと即答を避けていたね。確かに初等科で竜に乗りたい希望者は夏休みまでには全員乗せられるけど、中等科や高等科の生徒だって乗りたいと思っているはずだ。その前に初等科を二度乗せたら、きっと反発される。フィンはそこまで考えているんだね」

ラルフとラッセルは、フィンが少し大人に近づいていると感じた。

十二『可愛いウィニー』

フィンは師匠が出した宿題ができたので、ウィニーとの飛行訓練が終わると、足取りも軽く螺旋階段を上る。

「どうやら気がついたようだな……」

ルーベンスは関節の疼《うず》き具合で明日は雨になりそうだと思いながら、螺旋階段を上る足音がリズミカルなのに苦笑した。

（若さとは素晴らしいなぁ、あんなに足取り軽く階段を上ったのはいつだったろう）

部屋に入って来たフィンに関節炎の治療魔法を掛けてもらい、ルーベンスは上達したなぁと褒める。

「師匠、宿題ができましたよ！　馬の心に、平安を送り込むのです」

得意げなフィンに、ルーベンスは少し小言を言う。

「私が前に使った技だ。そのくらいすぐに思い出さなくてどうするのだ」

「そりゃ、そうだけど……緊急時には使えたよ！　ファビアンと、サリヴァンまでウィニーに二人乗りをして帰る途中で、山の開けた所に着陸して休憩していたんだ。そしたら、そこは村の放牧地だったみたいで、羊や山羊を連れて村人がやって来たんだよ。逃げ惑う羊や山羊を師匠が使った技で、大人しくさせたんだ」

ルーベンスは、深い溜め息をついた。

「馬鹿者！　一度使っているなら、なおさらすぐに思い出すべきだ。罰として、ファビアンにその技を教えなさい」

「ええっ？　ファビアンは確か土の魔法体系は苦手なんだよ〜。それに俺は教えたことがないし、あっ、教わったこともないよ〜」

ルーベンスは、そういえば関節炎などの治療魔法と、襲ってくる相手の動きを封じる防衛魔法、姿消しの技しか、直接は教えていなかったと気づく。フィンも少し背が伸びてきたし、そろそろ魔法の技を教えても良いかもしれないと考えた。

「フィン、ファビアンには私が教えるから、お前には次の宿題をしてもらおう」

フィンは、酷い！　とルーベンスに抗議する。

「俺には魔法の技を教えてくれないのに、ファビアンには教えるの？　それに師匠の出す宿題って、変なものばかりだし……」

「変な宿題とは失敬だぞ、私はお前の頭を鍛えるために苦労して宿題を考えているのだ。そんなに技が習いたいなら、ウィニーやグラウニーと共に習えば良い」

やったぁ！　と飛び上がって喜ぶフィンに、ルーベンスはウィニーの育成記録を手渡す。

「えっ？　もしかしてこれを清書するんですか？」

「清書《せいしょ》ではない。この育成記録を元に、ウィニーの可愛らしさを宣伝する本を書くのだ」

フィンは目を白黒させて、首を横に振る。

「師匠～！　無理ですよ～！　俺には文才がありません」

ルーベンスはフィンの手から育成記録を取り上げて、ぺらぺらと捲《めく》って読み始める。

「五月十日、ウィニーはお腹いっぱいミンチ肉を食べると、よたよたと暖炉の前まで歩いて行き、自分で排便を済ませた。凄い！　まだ卵から孵って一月も経《た》たないチビ竜なのに！　賢くて、可愛いウィニーが大好きだ！」

フィンは師匠に音読《おんどく》されると、自分のウィニー馬鹿丸出しの文章に真っ赤になった。

「ほら！　俺には文才が無いんです！」

ルーベンスはまだわからないのかと、ぺらぺらとページを捲る。

「五月十六日、ウィニーはボール遊びが好きだ。ボロ布を丸めて作ったボールを投げてやると、喜んで持ってくる。初めは口でキャッチしていたが、飛び上がって小さな手でも取れるようになった。そして、得意げな顔をして、よたよた俺の所まで持って来ては、くぴくぴと投げてくれとせがむ。今日はレポートがあるからこれまでと言うと、きゅるるんと悲しげに鳴くので、ついついもう一度だけと遊んでしまう」

フィンは自分の文章の拙《つたな》さに真っ赤になったが、チビ竜の時のウィニーの愛らしさも思い出した。

「何も難しい文章で書けなどとは言ってない。子ども向けの本だから、挿《さ》し絵があったほうが良い。絵は美術の先生に手直ししてもらえ。文章はそうだなぁ、ヤン教授が良いだろう。国語や古典の先生は堅苦《かたくる》しい文章に手直しするだろうからな」

絵も描《えが》くの？　ヤン教授？　フィンには師匠の意図がわからない。

「師匠？　何のために本を書くのです？」

「人の話を聞いてないのか？　ウィニーの可愛らしさを宣伝する本を書いて、まずは子ども達に竜は怖くないとわからせるんだ」

フィンは目をぱちくりした。

「それなら絵本作家とかに書いてもらえば良いのでは？」

「この世界に、お前以上にウィニーを愛している者はいない。そんなに難しく考えず、ヤン教授と相談して短い物語を作れば良いだけだ。あっ、卵がどこで孵ったとかは、ぼやかしておけよ。なかなか孵らなくて、心配したところから書けば良いだろう」

ルーベンスは育成記録を何ヶ所か大きな丸で囲む。

ほら！　これで大丈夫だろうと返されて、フィンは師匠が書けば良いのにと愚痴る。

「まずは下書きを書いて、ヤン教授に添削《てんさく》してもらえ。小学生が理解できる内容にしろよ」

フィンは足取り重く螺旋階段をとぼとぼと下りる。

(俺は……そりゃあ、皆が竜を怖がらないようにしたいけど……。もっと、文才のある人が書いた方が良いのに……)


フィンは色々と文句はあるが、師匠の言いつけに従う。寮に帰ると、師匠が丸を付けた育成記録のページを読み直す。

読み進めるうち、フィンの心の中にウィニーへの愛が満ちた。

卵から孵らないのではないか？ という不安や、卵にヒビが入って濡れた雛が転がり出た時の驚きと喜び、そして『ウィニー』と自ら名乗った瞬間。

フィンは新しい紙に、丸を付けられた日のウィニーの様子を思い出して書いていった。

『ウィニーは俺を乗せて飛べると言った。俺もウィニーに乗って、空を飛べたら良いなぁと思った。師匠に試してみろ！ と言われて、ウィニーに乗って飛行してみた。最初の飛行は悲惨《ひさん》だった。ウィニーの首しか掴《つか》まる所が無かったので、腹這いの状態で飛行して、目が回ってしまったのだ。すぐに降りて！ と俺は情けなく叫んでしまった。ウィニーはきゅるるんと心配してくれた。師匠がロバの鞍を付けてみろ！ と言った。ウィニーは鞍を付けると、少し変な感じがすると言った。俺はやっとウィニーと空を飛行できた！やったぁ！ これから毎日少しずつ飛ぶ距離を増やすぞ！』

卵から孵り、餌を食べてはウンチして眠っていた雛の頃、遊び盛《ざか》りのチビ竜、飛ぶ練習をしているチビ竜を部屋に置いていたら試験会場に乱入した事件、マイヤー夫人に躾けてもらって肩に乗るウィニー、夏休みに海で泳ぎを覚えたこと、大きくなって竜舎へ引っ越《こ》し、そして最後は飛行訓練！　我ながら拙い文章に、フィンは本当に本にできるのかなぁと、かなり困惑した。

「ええぃ！　ヤン教授が手直ししてくれるさ！」

もう遅いから明日の昼休みに持って行こうと、少し日延《ひの》べすることにした。

夕食後は、気楽にウィニーの絵の下書きをする。卵は簡単だ！　しかし、卵から孵った雛は何だかみっともない。フィンには愛しいが、チビ竜の眠っている姿はトカゲに見える。ボールを空中でキャッチしているウィニーは上手く描けなかった。肩乗りウィニーはフィンが変な人形みたいだし、泳ぐ姿は溺《おぼ》れているようにしか見えない。その上、飛行訓練は鞍などがごちゃごちゃしている。

何枚かの下書きを描いて、これは美術の先生に怒られるかもと首を竦めた。

(こんなんで、上手くいくとは思えないや)

文才も絵心も無いよ～と、フィンは愚痴りながらベッドに入った。

初等科のカリキュラムは昼からが武術、乗馬、ダンス、音楽や絵といった教養の科目になっているのだが、約一名朝に弱い魔法学の師匠がいるので、フィンが所属する三年生は午前中が教養科目になっていた。

フィンには不運に思えたが、今日は美術だった。

「先生、師匠から宿題を出されたのですが、見てもらえませんか？　できれば、指導して欲しいのです」

指導というか、手直しというか、描き直してもらいたいと、フィンは下書きを見せる。

美術の先生はフィンが差し出した下書きを眺めて、どこから指導したら良いのか悩む。

「ルーベンス様は、何故ウィニーの絵を何枚も描く宿題を出されたのか？」

フィンは自分が本を書くだなんて恥ずかしかったが、目的がわからないと手直ししてもらえないだろうと思い正直に話した。

「うむ〜、それならウィニーの可愛らしさや、賢さが伝わる絵にしないといけないなぁ。フィン、まずは卵から孵った雛だが、濡れてグシャッとしていたのはわかるが、これではボロ雑巾《ぞうきん》を丸めて目と角《つの》を付けたみたいだ。写実的《しゃじつてき》に描かなくて良いから、フィンの心に映った可愛い姿を描いてみなさい」

シッカリ観察する目が大事だといつも言っているのに？　と変な顔をするフィンに、挿し絵は少し美化した方が良いと先生は言い切る。

一時間かけて、やっと卵から孵った雛がボロ雑巾に見えなくなった。石膏《せっこう》の像をデッサンしていたパック達はフィンが何を描いていたのかが気になり、授業が終わるとわらわらと取り囲んだ。

「あっ！　ウィニーが卵から孵った時だねぇ～！　可愛い雛だなぁ～」

「こんな雛だったウィニーが、私を乗せて飛んだんだ！」

「雛の時って、見てないんだよ～」

同級生には高評価だと、フィンは胸を撫で下ろす。

「フィン、昼からは美術室にいるので、急いでいるなら描きに来なさい」

親切な美術の先生の言葉も、今のフィンにはプレッシャーだ。何故なら、昼休みにヤン教授にあのまずい文章を見せなくてはいけないからだ。

ラッセルやラルフは、フィンが昼食をあまり食べなかったのを心配した。

「フィン？　具合でも悪いのか？」

いつもは大盛りをおかわりするのに、普通の量をやっと食べただけでデザートも取りに行かず席を立つなんて、天変地異《てんぺんちい》でも起こったかとラッセル達は不審《ふしん》がる。

「ちょっと、ヤン教授に用があるんだ」

ひぇ～っ！　と全員がフィンの食欲不振の理由に納得した。

「フィン？　呼び出されるような成績じゃあないよね？　もしかして飛び級するの？」

同じ学年でなくなるのは寂しいと、パックが声をかける。

「飛び級？　まさかぁ！　呼び出されたんじゃないよ、師匠の宿題を見てもらうんだ」

フィンの後ろ姿に頑張れよ！　と声を掛けたが、全員が、上級魔法使いの弟子は大変そうだと同情した。


フィンはヤン教授の部屋はやはり苦手だと思いながら、ノックする。

「おや？　フィン、何か用かな？」

フィンは大きく深呼吸して、師匠の宿題なんですと、紙を差し出した。

「師匠ったら、俺にウィニーの可愛さを宣伝する本を書けだなんて、無茶を言うんです。ほら、ヤン教授も読めば、俺に文才が無いのはわかるでしょ！」

こうなったらヤン教授から師匠に無理だと言ってもらおうと必死なフィンを、黒い瞳で黙らせる。

(ううむ、フィンの文章は稚拙《ちせつ》だが、ウィニーへの愛情に満ちている。それに、可愛らしさが伝わってくる。ルーベンス様の考え通りになるかはわからないが、やってみる価値はある)

ヤン教授は数枚の原稿を読み終わると、フィンを前に座らせた。

「今日は雨だから、飛行訓練は無いだろう。さぁ、ここで、書き直していきなさい」

フィンは泣きたくなったが、ヤン教授に睨まれて渋々《しぶしぶ》椅子に座って書き直す。文法の間違いや、変な表現をビシバシと指摘された。

「小学生が読む文章だからこそ、間違った文法は駄目なのだ！」

フィンは、つくづく師匠の宿題なんて嫌いだ！　と内心で愚痴る。

ヤン教授はあまり堅苦しくしては子ども達が読む気を無くすし、かといってフィンの原稿のままでは魔法学校の程度を疑われると、頭を悩ませながら指導した。

やっと添削が終わってホッとしているフィンに、ヤン教授は題名は何か？　と尋ねる。

「ええっ？　題名？　師匠の宿題なんですよ……」

「本を書けというのが師匠の宿題だろう。なら題名も宿題のうちではないか」

フィンは、本当に泣きたくなった。

「師匠はウィニーの可愛らしさを宣伝する本を書けと言いました。だから『可愛いウィニー』でいいです」

ヤン教授は、そのまんまだ！　と呆れたが、フィンの自主性を重んじて、添削済みの原稿の上に大きく『可愛いウィニー』と書いた。

フィンはせっかちな師匠が、挿し絵ができるまでは他の授業に出なくて良いと許可を出したので、泣きたい気分でいっぱいだ。

結局、飛行訓練以外は毎日美術室に籠もり、先生の指導のおかげでどうにか挿し絵も描き終えた。どこまでも気儘なルーベンスは、残りの作業をヤン教授に丸投げした。

フィンは師匠に挿し絵を提出した時点で、この本のことなど忘れ去り、飛行訓練や、期末試験の準備に忙しくしていた。

「フィン、ヤン教授が呼んでいるよ」

級長のラッセルに言われ、フィンは何も問題は起こしてないはずだけど、と首を傾げた。

「やっと、本ができあがったぞ！」

ヤン教授は嬉しそうに『可愛いウィニー』と書かれた本を差し出した。

「ええっ！　本当に本にしたのですか？」

フィンのあまりな言葉に、ヤン教授はあれこれと挿し絵などの印刷に苦労したのにと、愚痴りたくなった。

しかし、フィンは本の表紙に印刷された『著者・フィン　挿絵・フィン』という文字から目が離せなかった。ぺらぺらと中を捲って、自分の書いた絵や文章が印刷されているのに心から驚く。

「ヤン教授が印刷してくれたのですか？」

ヤン教授は自分が印刷したのではなく、印刷屋がしたのだと苦笑しながら教える。

「この本をもらっても良いのですか？　家族に送ってやりたい！　お母さん、びっくりす

るだろうなぁ！　ヤン教授、ありがとうございます」

印刷屋とのやり取りや、製本までの苦労が、フィンの喜ぶ顔で帳消《ちょうけ》しになった。

「家に送るなら、もう一冊持って行きなさい。あっ、それとルーベンス様にも一冊」

ルーベンスはフィンが螺旋階段を二段飛ばしに駆け上がるのに気づいて、転ばなければ良いがと心配する。

「師匠！　本ができたんだ！『可愛いウィニー』が、本当の本になったんだよ！」

どうにか転ばずに上ったなとルーベンスが安心した途端、フィンがソファーの前に敷いてある絨毯《じゅうたん》に蹴躓く。危うく押し潰されそうになったが、フィンはバランスを取ってルーベンスの横にドタンと座り込んだ。

「もっと落ち着きなさい！」と注意をするルーベンスだが、ほら！　と差し出された本を見て、今日は仕方ないかと溜め息をついた。

「おお！　これは上出来だ！」

「ヤン教授と美術の先生のおかげです！」

そして二人でゆっくりと『可愛いウィニー』を読んだ。

この『可愛いウィニー』は、全国の小学校に無料で配布されただけでなく、子どものいる貴族の家庭や裕福な家では購入して読まれたので、印刷屋はボロ儲《もう》けだと喜んだ。

フィンから『可愛いウィニー』を送ってもらったメアリーは、本当にあの子が書いたのかしらと驚き喜んで、何回も何回も読んでは、今度ウィニーが来ても怖がらないでやろうと思った。

十三　フィンの名前

ヘンドリック校長は『可愛いウィニー』を読み終わり、ルーベンスが竜を愛しているから、フィンにこの本を書かせたのだと理解した。シラス王国の人々が竜を怖がらなくなれば色々と有益だ、と納得もした。

「それにしても、いつも私は蚊帳《かや》の外だ」

秘書のベーリングは校長の愚痴を聞かなかったことにして、返事をせずにお茶を置いて出て行った。

『可愛いウィニー』は魔法学校でも好評で、何人かの生徒はサリヴァンの街の本屋で買って、サインをしてくれと頼んだ。

「ええ～！　サインだなんて……」

躊躇うフィンに、ラッセルも本を差し出してサインを頼む。

「ラッセル達はもう読んだだろ？　わざわざ買ったの？」

買ってくれたのは嬉しいが、読んだ絵本をわざわざ買う理由がフィンには理解できない。

「家族にも読ませてあげたいからね。ほら、この表紙の見返しにサインしてよ」

フィンはペンまで渡されたので、『フィン』とだけサインした。空白が目立つ見返しに、ラッセルは困惑した。

「フィン、こういう場合は『ラッセルへ』とか、書いた方が良いんだよ」

へぇ～とフィンは『友達のラッセルへ』と書き足《た》した。

ラッセルは咄嗟《とっさ》に自分の動揺《どうよう》を誤魔化す。フィンが名字《みょうじ》を持たない農民だと思い出したのだ。

添《そ》え書きを付けたサインなら格好は付くが、名前を書く機会は本へのサインだけではない。これから王宮に行く場合に困るのではないかと気づいた。

ラルフも平民だが、名字を持っている。裕福な商人や、職人の親方、大きな農場の持ち主などは、出身地や職業から名字を付けて名乗るのが普通だ。

農民だって名字を持っている者が多いので、フィンがまともに学校に通えないほど貧しい暮らしをしていたのをラッセルも忘れていたのだ。

（カリン村のフィン、ルーベンス様の弟子のフィン……。今はそれでも良いかもしれない

（けど……何か名字を付けた方が、面倒にならないんじゃないか）

ラッセルは自分が気づいた問題点に、ルーベンス様は気づいているのだろうかと心配する。

心配された当のルーベンスは、気づいていなかった。自身は貴族出身で立派な家名《かめい》を持っていたが、上級魔法使いになった時から『ルーベンス』だけで通していたからだ。

天晴《あっぱ》れなほどの傲慢な態度を、ルーベンスは貫いていた。「ルーベンスといえば自分だ！」と言ってはばからない。

それは同時に実家との決別の意思をも込めていた。実家といっても兄の孫の代になっているので、他人と同様だとルーベンスは割り切っている。

だから、その日フィンが飛行訓練を終えて塔にやってきて、サインを求められたと照《て》れながら報告した時に、初めて名字が無いことに思い至《いた》った。

（別に名字など必要ないと言えばないのだが……愚《おろ》か者も多いからなぁ）

フィンが王宮で肩身の狭い思いをするかもしれない。ルーベンスは遅蒔《おそま》きながら名字を付けてやろうと思い立つ。一瞬、自分の名字を付けようかと思ったが、鬱陶《うっとう》しいマーベリック一族を思い出して、首を横に振った。

（私の一族には、近づかない方が良い）

疎遠《そえん》になったきっかけは、ルーベンスに嫁を押しつけようとした兄との激しい口論《こうろん》からだ。その兄はとうに鬼籍《きせき》に入り、今は兄の孫がマーベリック伯爵を継いでいる。現マーベリック伯爵は兄にそっくりで、どんな手段を使ってフィンに近づくかわからない。

（兄は私が高齢になってやっと諦めたが、今度はぴよぴよのフィンが相手だ。一族の娘を言いくるめて、寝込みを襲わせかねない）

ルーベンスはかつての不愉快な体験を思い出して身震いする。

（フィン・マーベリック……語呂《ごろ》が良いだけに惜《お》しいが……さて、なんと名付けるか？）

フィンにグラウニーを観察させておいて、ルーベンスは名字を考えた。

『カリン村のフィン』がルーベンスにも染《し》み込んでいて、他の名前がしっくり来ない。

（村なぁ……ドルフ？　フィン・カリンドルフ？　カリン村のフィン、そのままじゃのう……）

竜達のネーミングセンスを笑っただけに、ルーベンスは色々な名前を考えたが、『カリン村のフィン』よりしっくり来る名前は思いつかなかった。

カツカツカツとリズミカルなブーツの靴音と共に、ファビアンが螺旋階段を上ってくる。

「あっ、ファビアン、グラウニーを迎《むか》えに来たの？」

ルーベンスは名前を考えるのをやめて、フィンにグラウニーを観察して何がわかったのか質問した。

「グラウニーはウィニーより力が強いし、脚も発達している。羽根はウィニーより小さいけど、そろそろジャンプの練習をしても良い時期だと思うよ」

ファビアンはなかなか馬を穏やかにさせる技が習得できなくて、ルーベンスの塔に通っていたが、グラウニーが空を飛べるのかも心配していた。

「フィンはグラウニーも空を飛べると考えているんだな」

フィンは当然だと返事をする。

『なぁ、グラウニーも空を飛びたいだろう？　羽根があるんだものなぁ』

グラウニーは少し考えて、くるるっぴと鳴った。

『ほら、グラウニーも飛びたいと言っているよ』

フィンの言葉で、グラウニーは羽根をぱたぱたさせる。仲良く笑っている二人をソファーで見ていたが、ルーベンスはピンと閃いた。

「フィン・フリーゲン！　飛ぶという古語のフリーゲンが良い」

突然の言葉にキョトンとしているフィンの肩を掴んで、ルーベンスは「これからお前はフリーゲンと名乗りなさい」と命名する。

「ええ？　フリーゲン？」

『カリン村のフィン』は確かにフィンに馴染んでいるが、これから上級魔法使いになるには小さすぎると、ルーベンスには感じられた。

「フィン・フリーゲン、飛ぶフィン！　落ち着きの無さそうな名前だが、フィンが自由に空を飛び回るイメージに相応《ふさわ》しい」

訳がわからない様子のフィンと違い、ファビアンは上級魔法使いとして王宮に勤《つと》めた時に名字がないのを憂慮《ゆうりょ》して、ルーベンスが名付けたのだと理解した。

「フィン・フリーゲンか、良い名前だよ」

ファビアンに祝福されても、フィンにはピンとこない。

「ねぇ、師匠？　名字って必要なの？　俺は、ただのフィンじゃ、いけないの？」

「いや、いけなくはない。私もルーベンスだけで通しているからな。そうだ！　アシュレイ様もトラビス師匠も名前だけで通じる偉大な魔法使いだった。お前もフィンだけで通用する偉大な魔法使いになれば、名字などは必要なくなるだろう」

ポンと肩を叩かれて、フィンは呆然《ぼうぜん》とする。

「フィン、魔法学校では生徒を平等に扱うために名前で呼んでいるけど、大人は名字で呼ぶものなんだよ。ほら、先生方も名字だろ」

そういえばとフィンは考えて、あれっ？　と質問する。

「でも、マキシム王とか、キャリガン王太子、アンドリュー王子は名前だよね」

ルーベンスとファビアンが同時に「王族は別だ！」と呆れた。

「まぁ、フィンだけでシラス王国の誰もがお前だと認識できるまでは、フリーゲンの名字を使えば良い」

寮への帰り道でもフィンがまだ変な顔をしているので、ファビアンは何か問題があるのかと尋ねる。

「う～ん、俺がフィン・フリーゲンなら、お母さん達もフリーゲンになるのかな？」

「別に問題ないと思うけど、誰かの名前との語呂でも悪いのか？」

「いや、そうじゃなくて……」

家族の名前との語呂は悪くない。

フィンの村では管理人や昔からの豊かな農民しか名字を持っていないので、戸惑《とまど》っていたのだ。

「もしかして、カリン村で目立つのを気にしているのか？」

ファビアンはカリン村の墓場で見た、粗末《そまつ》な石に名前を刻《きざ》んだだけの墓石を思い出した。

「カリン村でも、名字を持っている家はあるだろう？」

フィンの伯父のゲイルは金持ちなので、牛や羊なども沢山飼《か》っている。牧場という意味の『ヴェルテ』を付けて、『ゲイル・ヴェルテ』と威張《いば》っているが、感じが悪いと言って村人はゲイルとしか呼ばなかった。

「威張っているように思われないかな……。税金を免除してもらって、やっと生活できるようになったところなのに……」

ファビアンは小さな村社会で生きる面倒くささを感じた。

「なら、家族にはフリーゲンという名字をもらったとだけ伝えて、名乗るかどうかは本人達に決めさせたら良いさ。だが、前に妹を師範《しはん》学校へ進学させたいと言っていただろ？　師範学校の生徒は名字を持っている子が多いと思うぞ」

自分は『カリン村のフィン』で平気だが、妹は肩身が狭いのかな？　と考える。

「そうだね、夏休みに家に寄った時に相談してみるよ！　あっ、でもテストとかどうしよう？　フィンだけの方が楽なのになぁ」

ファビアンは、勝手にしろ！　と足を速める。

「ファビアン！　明日からウィニーの飛行訓練をグラウニーに見せたいんだ！　見たらグラウニーは飛び方がわかると思うから、連れて来てね～」

歩幅の差で遅れていたフィンは、小走りでファビアンの後ろから叫んだ。

それを聞いてファビアンは歩みを止める。急に立ち止まった背中にぶつかりかけて止まったフィンに振り向いて、質問した。

「なぁ、グラウニーはウィニーの飛行する姿を見れば、飛び方がわかるのか？」

フィンは、多分ね！　と一歩後ずさって答える。

「そうか！　竜もフィンと同じように魔法の動きを視覚化できるのか」

それに気づくと同時に、もう一つの重要な事実に思い当たった。ファビアンはルーベンスに馬の心を穏やかにする技を習っていたが、苦戦していた。

(フィンは魔法の動きを視覚化できるから、教える時も見せるだけでいい！　ルーベンス様はその教え方しか知らないから、私のような生徒への教え方が下手《へた》なんだ)

ルーベンスが教師としては新米だと、ファビアンはやっとわかった。

「遠慮しないで、わからないところはこちらから質問しないと駄目なんだ！」

苦手な土の魔法体系だし、上級魔法使いのルーベンス様に習うからと、萎縮していたことにファビアンは気づいた。

「夏休みには、ノースフォーク騎士団にグラウニーを連れて見学に行きたいんだ。それまでには、習得するぞ！」

フィンはファビアンの熱意に押されて、自分も期末テストを頑張ろう！　と叫ぶ。

すっかり名字のことなど忘れてしまっていた。

十四　期末テストも終わったな

期末テストまでに、フィンは初等科の希望した生徒全員をウィニーに乗せた。しかし、中等科や高等科の生徒がウィニーに乗りたいと思っているのは確実だ。

「秋学期が始まったら、また飛行訓練をするけど……先輩達を乗せるのは、少し気が重いなぁ」

「先輩にごり押しとかされるのを、心配しているのか？」

「ごり押しまではされなくても、先に乗せてくれとか言われたら困ると思っているんだ」

「なら、俺が決めてやるよ！」

フィンは混乱を避けるために、バースにウィニーの飛行訓練に参加する生徒の順番を任せることにした。

「もう、ウィニーは二人乗せても大丈夫だが、体重順が一番納得させやすいだろう」

中等科、高等科の生徒の数は学年が上がるごとに少なくなっていたので、年内には全員が乗れそうだ。ちょっと気が重かった件が解決したので、これで期末テストに集中できると、喜んで寮へ帰る。

両手いっぱいに本を持って女子寮へ向かうマリアンとすれ違ったフィンは、彼女の顔色が悪いのに気づいた。そう言えば、マリアンが下級魔法使いの免許を取るのに苦戦していると、エリザベスやフィオナから聞いていた。

「本当は中級を取りたいみたいなの……。でも実技が無理なのよね～、下級もぎりぎりなの。アレックス達とサボっていたから自業自得《じごうじとく》なんだけど……」

田舎の貴族と馬鹿にされたりもしたが、フィオナはマリアンがかなり追い詰《つ》められているのを感じ心配していた。

「婚約者は確かに素敵な紳士かもしれないけど、伯爵は落ちぶれた家のマリアンとの結婚に良い顔をしてないみたい。一族に魔法使いの血を入れるために、渋々マリアンとの結婚を許可したみたいよ」

貴族の全員が魔法使いではないので、時々は魔法使いと結婚させたいと考えるケースは多かった。

フィンはマリアンに教えてあげられるほどの技を習ってなかったし、自分が相手では素直に学習できないだろうと、同じ風の魔法体系のラッセルに頼んでみた。

「ええっ！　フィンはマリアンに馬鹿にされていたのに？　まぁ、下級くらいは教えられるけど……」

マリアンは、級長のラッセルになら素直に技を習うことができたので、どうにか下級魔法使いの免許を取れた。

フィンは真面目に勉強していたので、期末テストは楽に合格点をキープできた。

「夏休みはどうするの？」

パックも苦手な古典の合格点を取れたので、うきうきと夏休みの計画を立てる。

「多分、師匠のお供《とも》だよ」

ルーベンスからサリン王国やバルト王国に偵察に行くと告げられていたが、同級生には秘密にしておく。フィンが食堂から寮の二階へ向かおうとした時、マリアンが声をかけた。

「あら、フィン……この前はウィニーに乗せてもらったので、一応はお礼を言っておくわね。これで私は魔法学校を卒業するから、貴方とは二度と会うことも無いでしょう」

マリアンはこんなダサいチュニックともお別れで清々するわと、捨て台詞《ぜりふ》を残して去っていった。

「なんだ！　あの態度は」

腹を立てたパックが怒鳴るのを宥めたフィンだが、流石《さすが》に二度とマリアンには会いたくないと溜め息をついた。

気を取り直して、談話室で友達同士で雑談をする。夏なので三年生の特権として、窓際の風通しの良い場所を占拠《せんきょ》する。

「ラッセルにも、迷惑かけたね」

級長なのだから、技を見るくらいは大したことないとラッセルは肩を竦めた。

「それより、アンジェリークも辞めてしまわないか心配なんだ。パック、フィオナ達に仲間に入れてあげるように言ってよ」

そして、アレックス達が退学しようと自業自得だが、アンジェリークが下級の魔法使いの免許も取らずに去るのは困るだろうと、フィオナと仲の良いパックに頼んだ。

「まぁ、マリアンがいなくなれば、アンジェリークもフィオナ達と話すしかなくなるよ。夏休みが終わったら、仲間に入れてあげるように言っておくよ」

それを聞いたフィンは、パックはフィオナと良い感じなのだなぁと笑った。

「そうだ！　前からラッセルやラルフは、何故飛び級しないのかなと思っていたんだ。どうして？」

優等生のラッセルやラルフは飛び級して中等科に編入しても大丈夫そうだと、その場にいた同級生も関心を持つ。

「飛び級して魔法学校を早く卒業する意味が私にはないからね。ゆっくり学びたいし、せっかく友達になった同級生と離れたくないから、飛び級はしないよ」

学年を纏めてくれているラッセルが飛び級しないと聞いて、フィン達はホッとした。

ラルフも卒業したら、王宮付き魔法使いの叔父につくことが半《なか》ば決まっているので、ゆっくり学生時代を過ごしたいと頷く。

優等生達の余裕しゃくしゃくな態度に、同級生達は少しからかったりしていたが、夏休みの過ごし方などに話題は変わっていった。

しかし、同じ談話室にいた二年生は一《ひと》波乱《はらん》あった。

「ユリアンとアンドリューはヤン教授の部屋に行くように」

自治会のメンバーの呼び出しで、二人がヤン教授の部屋に出向いた後の談話室で、二年生は蜂《はち》の巣をつついたような騒ぎになったのだ。

入学当時なら、アンドリューが生活態度のせいで呼び出されたのだろうと思ったが、近頃はフィンの追っかけ以外は真面目にしていた。

「ユリアンはもしかしたら飛び級かも……」

「困るよ！　級長がいなくなったらどうするんだ」

ユリアンが飛び級できる成績なのは全員が知っていたが、アンドリューはどうなのかな？　と素直な疑問が湧《わ》いた。

「アンドリューは飛び級できるのかな？」

アンドリューがフィンと同じ学年になりたがっているのは、全員が知っていた。

何人かは家族から王族のアンドリューと親しくなるようにと厳命《げんめい》されていたが、あのストーカーじみたフィンへの傾倒《けいとう》にはお手上げだ。

呑気に夏休みの計画を話していた三年生達は、何だか雲行きが怪しいなと二年生の会話に割り込む。

「ユリアンとアンドリューが、ヤン教授に呼び出された？」

三年生は、悪い予感がした。

「ユリアンは級長だから、優等生だよな……」

「アンドリューも近頃は真面目に勉強していた……」

フィンは勘弁して欲しいと、溜め息をつく。

「ねぇ、飛び級は学年の変わる春学期だよね」

ファビアンが飛び級したのが春学期だったので、フィンはまだ先のことだよねと確認した。

「まぁ、学年が変わる春学期が一般的だけど……」

ラッセルは自分が飛び級に興味がなかったので、詳しくなかった。何人かがアシュレイ魔法学校の校則を引っ張り出して、飛び級について調べる。

「何だかよくわからない規則だね……成績が優秀で、上の学年の学習についていけると判断された生徒は飛び級できる……いつでもできるのかな？」

ああだこうだと騒ぎ立てても、ヤン教授次第だとフィンは肩を竦める。

それより、解決しなくてはいけない問題があったので、飛び級についてはパック達に任せて師匠の元へ向かった。夏休みの旅について、相談したいことがあったのだ。

「師匠、ウィニーは連れて行けないよね」

ルーベンスは、当たり前だと笑った。

「シラス王国にしか竜はいないのだから、偵察に来ましたと知らせるようなものだ」

　ウィニーは竜舎で大人しく留守番をしてくれるかな？　とフィンは不安に思う。

「ファビアンはノースフォーク騎士団に見学に行くんだけど、預かってもらおうかな？」

　ウィニーの世話なら慣れているバースの方が適任だと、ルーベンスは少し悩む。

「前みたいに、一日や二日ではないからなぁ。ノースフォーク騎士団ではウィニーを持て余すだろう」

　フィンは、それならバースを先にノースフォーク騎士団の駐屯地リンドンに送っていこうと考える。

「ウィニーとバースをノースフォーク騎士団の駐屯地に送ってから、師匠を迎えに来ますよ」

「確かにその方が時間の節約にはなるが、国境の街には相手側の密偵も潜んでいるかもしれない。バースをノースフォーク騎士団にウィニーで送るのは良いが、駐屯地には旅の吟遊詩人として入った方が良いだろう」

　フィンはグラウニーも飛べたら、ファビアンも一緒にノースフォーク騎士団に到着できるのにと残念に思う。

「バースは時々ウィニーに乗っているけど、言葉があまり通じないんだ。ファビアンなら話せるから、一人で乗れないかな？」

　グラウニーはまだ飛行は下手で、助走をかなりつけてやっと飛べるくらいだ。ファビアンがウィニーに乗れたら、フィン達がサリン王国に潜入している間も飛行訓練ができると考えた。

「お前がいなくても、ウィニーが他の人の指示に従うかが問題だな。期末テストも終わったことだし、ちょうど良いから試してみよう」

早速ファビアンを呼び出して、ウィニーに一人で乗れるか試すことにした。

十五　ファビアンの飛行訓練

ルーベンスの塔にファビアンを呼び出して、夏休みの間にウィニーの飛行訓練をして欲しいと頼むのは簡単だった。

「ウィニーに乗っても良いのか！　もちろん、喜んで飛行訓練を引き受けるよ」

ファビアンもいずれはグラウニーで飛行したいと考えていたので、自分が竜に乗り慣れるのは歓迎だったからだ。作曲中のルーベンスは窓から見学すると言うので、フィンとファビアンは張り切って竜舎に向かった。

フィンはファビアンと飛行訓練をしてくれと頼んだが、ウィニーは機嫌を損《そこ》ねた。

『また、置いてきぼりにするつもりなんだ』

去年、カザフ王国の国境の街ルキアを偵察する時に、ウェストン騎士団にウィニーを置いて行ったのを思い出したのだ。

『ほんの一ヶ月だよ』

サリン王国での偵察は短いが、ノースフォーク騎士団の駐屯地まで吟遊詩人の旅をするのも含めて長めに言った。

『一ヶ月！　そんなにフィンと離れたくないよ』

駄々をこねるウィニーに、フィンはビシッと言い聞かす。

『俺だってウィニーと離れたくはないよ。でも、サリン王国には竜はいないし、餌も食べられないよ。ウィニー、サリン王国はカザフ王国の王女を娶《めと》って、シラス王国に攻めてくるかもしれないんだ。そのための偵察なんだから、我慢して』

ウィニーには戦争の意味がよくわからなかった。フィンは丁寧に説明する。

『俺達が住んでいるシラス王国に、カザフ王国とサリン王国が一緒になって攻めてこようとしているんだ。戦争になったら、シラス王国に住んでいる俺達や大勢の人が死んじゃうんだ。だから、サリン王国に偵察に行くんだよ』

まだウィニーには全てが理解できた訳では無かったが、フィンが死ぬのは嫌だと叫ぶ。

『私がフィンを守るよ！』

気持ちはありがたいが、今は留守番をしてくれないと困る。

　ファビアンも、フィンがルーベンスと共にサリン王国に偵察に行くのだと驚いていたが、竜を連れて行けないのは明白だと考えた。

『戦争を起こさないために、偵察に行くんだよ。だから、ウィニーはその間、バースと一緒にサリヴァンに居てくれる？』

　できればそれが一番望ましいとフィンは駄目もとで言ってみるが、少しでも近くにいたいと拒否される。やっぱり、ノースフォーク騎士団の駐屯地に居させるしかないと、フィンは溜め息をつく。

『じゃあ、俺が居ない間、リンドンでバースとファビアンと待っていてくれる？』

　ウィニーは渋々頷く。

『待っている間、ファビアンと飛行訓練していて欲しいんだ。ノースフォーク騎士団の騎士達も竜に乗るのに慣れた方が良いし、グラウニーのお手本にもなるからね』

　ウィニーは留守番は嫌だけど、ファビアンと飛行訓練するのはすんなりと引き受けた。

　これでやっとファビアンとの飛行訓練が始められる。ウィニーに鞍を付けるところから、ファビアンはバースとフィンに聞きながらやってみる。

「もっと、ギュッと締《し》めても大丈夫だよ。緩《ゆる》いとかえって、鞍がこすれてしまうんだ」

　ファビアンはウィニーに遠慮していたが、馬と同じだとコツをつかんだ。

『ウィニー、ファビアンだけで飛行できる？』

『うん、できるけど……グラウニーが拗ねているよ』

フィン達はウィニーに留守番を納得させたり、ファビアンと飛行訓練させることにばかり熱中していたが、足下でグラウニーがぴすぴすと脚で土を掘《ほ》っていじけていた。

『ファビアン、グラウニーに言い聞かせてよ』

ファビアンも飛行訓練に夢中になって、グラウニーが拗ねているのに気づかなかったのを反省する。グラウニーを抱き上げて、大きくなった時に飛行するための練習だよと言い聞かせた。

『ファビアン……一緒に飛びたい』

拗ねているグラウニーに困っているファビアンに、フィンは一緒にウィニーに乗せたら良いと提案する。

『ウィニー、鞍にバスケットを括り付けてグラウニーを乗せても良いかな？』

くぴくぴ！　とウィニーが承諾《しょうだく》したので、グラウニーも機嫌を直した。

「やれやれ、やっと始まりそうだなぁ」

ルーベンスはよっこらせと窓に近づいて、ファビアンの飛行訓練を見学する。

「ファビアンはウィニーに行きたい方向を指示しなきゃいけないよ。初めだから、魔法学校の上をぐるりと一回りしてきてよ」

フィンに乗せてもらったことはあるが、一人で飛行するのは初めてなので、ファビアンも少し緊張する。

『ウィニー、魔法学校の上を一回りしてくれないか』

バスケットの中のグラウニーも、きゅぴぴと興奮していた。ウィニーはバサッと空に舞い上がり、ファビアンは解放感に満たされる。

グラウニーはウィニーの飛行を見て何度も真似《まね》をしようと頑張っていたが、なかなか風を捕まえる感覚がつかめなかった。しかし、ウィニーの上で風がどう動くのかを見ているうちに、ストンと飛行の仕方が理解できた。

『ファビアン！　飛べるよ！』

『ちょっとグラウニー、ここは高いよ』

バスケットから飛び立ったグラウニーを心配したが、今までの不様《ぶざま》な飛行とは違い悠々《ゆうゆう》と空を舞う。

『グラウニー！　飛べるんだね！』

ファビアンに褒められて、グラウニーは得意満面だ。ウィニーもチビ竜のグラウニーと一緒に魔法学校の上を嬉しそうに飛ぶ。

『そろそろ帰って来いと、フィンが呼んでいるよ』

ファビアンはあっという間だったと少し残念に思ったが、着地するとウィニーにお礼を言った。グラウニーは得意そうに周囲をパタパタ飛び回り、ファビアンの肩に止まった。

ファビアンにいっぱい褒めてもらって嬉しそうなグラウニーを、ウィニーが羨ましそうに眺めているので、フィンも鞍を外してやってブラシでこすりながら褒めてやる。

『ウィニーのお手本が良いから、グラウニーも飛べるようになったんだよ』

ウィニーも嬉しそうにくぴくぴと鳴いて、もう少しブラシでこすってとねだった。


ルーベンスは、グラウニーも飛行できるようになったな、と上機嫌でソファーに戻り、『可愛いウィニー』の作曲を続ける。

「どうせノースフォーク騎士団の駐屯地まで吟遊詩人の旅をするなら、竜を宣伝しないとなぁ」

既《すで》に『アシュレイと竜』『竜の卵』『ウィニー』と竜三部作を作っていたが、もう少し陽気で子どもでも口ずさめる簡単なメロディーの『可愛いウィニー』を作曲していたのだ。

メロディーは単純で耳に心地《ここち》好いものができたが、作詞で苦労する。子どもにも理解できて、単純な言葉の繰り返しにしたいが、ルーベンスにはなかなか難しい。

「こういうのは、フィンの方が良いのかもしれないな……」

ルーベンスが、文学的素養のないフィンの方が単純な作詞は向いているかもなんて失礼なことを考えていた頃、ヤン教授との面接を終えたアンドリューとユリアンは寮に向かっていた。

特にアンドリューは腐《くさ》り切っていた。

「チェッ！　春学期まで待てだなんて酷いよ！」

ユリアンは、アンドリューがヤン教授にもずけずけと文句を言ったので、間に挟まれて気を使って疲れていた。

「このまま真面目に勉強すれば、春学期には中等科に飛び級できるのだから良いじゃないか」

アンドリューは、フィンが中等科になったら寮のフロアーも変わると文句をつけていた。

これで春学期からは同じ中等科になるのだから問題は解決しただろうとユリアンが宥める。

「まぁ、それは嬉しいけど……秋学期には初雪祭とかもあるから、一緒に出し物とか練習をしたかったのに……」

ユリアンは、アンドリューのフィンへのストーカー体質にはついていけないと肩を竦める。

「なら、合同で劇をしようと持ちかけたら？　私達の学年は女の子が五人いるし、三年生は三人だから、合同なら劇ができるよ」

アンドリューはその意見に賛成し、夏休みにユリアンと劇の脚本を書こう！　と不機嫌な態度を改めた。

（とほほ……折角《せっかく》の夏休みなのに……）

ユリアンは、自分は一生アンドリューの世話役だと溜め息をついた。

十六　ノースフォーク騎士団

サリン王国へ偵察に行くために、まずはウィニーをノースフォーク騎士団の駐屯地リンドンに置いておける態勢を整えなければならない。その間、ルーベンスは一人で吟遊詩人として北へ向かうと言うのだが、フィンは師匠の関節痛を心配した。

「まずはファビアンを送って行って、団長さんにウィニーの受け入れ態勢を整えてもらうつもりなんだ。夜は屋根があった方が良いから、簡単な竜舎を作ってもらわなきゃ！　その後で、バースを送って行くんだ」

段取りを聞かれてフィンはそう答えたが、数日の間はルーベンスが一人で旅をするのが不安だ。心配するフィンに、ルーベンスはそんなに老《お》いぼれじゃないと苦笑した。

師匠からウィニーを受け入れてもらうための要請書をもらい、ファビアンとグラウニーを乗せてリンドンまで飛ぶ。

今回は何ヶ所か、休憩が取れる場所を確保してある。魔法学校を卒業した領主に、ヘンドリック校長が竜の休憩所になってもらえるように頼んでいたのだ。

グラウニーはバスケットの中で寝たり、ウィニーの周りを飛んだりしたので、休憩ごとに餌を与えなくてはいけなかった。ウィニーの食事は普段は朝と晩だけになっていたが、グラウニーだけというのも可哀想な気がして鶏肉を与える。

「国境の見回りとかにも、竜がいると便利だなぁ。ノースフォーク騎士団のためにも、ウィニーの飛行訓練は有意義だ」

「そうだね！」などと言って、フィンとファビアンも芝生《しばふ》の上に寝っ転がって休んでいた。竜に乗るのも体力がいるのだ。

しかし、協力してくれた領主にも下心があった。帰りにサリヴァンまで乗せて欲しいと頼まれたのだ。

「まぁ、それは良いですけど……毎回はできませんよ」

フィンは、今回はリンドンからは一人なので引き受けたが、これが恒例《こうれい》になっては困ると釘《くぎ》を刺した。

領主にも自分の考えをきちんと伝えるフィンに、ファビアンは感心した。

(これからフィンは上級魔法使いとして、王族や貴族達と付き合っていく。相手の言いたい放題にさせてはいけないが、全てを拒否しても角《かど》が立つ)

そして、これならルーベンスの跡を継いでやっていけるだろうと安心した。

『ねぇ、リンドンはカリン村の東北にあるんだよね』

フィンはウィニーをリンドンまで一気に飛ばせた。ノースフォーク騎士団の駐屯地であるリンドンの街は、どことなくウェストン騎士団が駐屯している街に似ていた。

『わぁ〜！　何なの？　あれ？』

防衛魔法を前にウィニーが驚きの声を上げる。フィンはウィニーにもアシュレイの防衛魔法が見えているのだと驚いた。

『敵国が攻めて来ないようにしているんだよ』

ファビアンには見えていないみたいなので、簡単に説明を終わらせようとしたが、聞き流してもらえる訳が無かった。

『もしかして、フィンやウィニーは防衛魔法が見えるのか？』

興味津々のファビアンだが、フィンは近づくにつれて魔法に綻《ほころ》びが目立つのを見て気持ちがどんよりしてしまい、返事は保留する。

『後で説明するよ。それよりどこに降りたら良いのかな？』

ファビアンに指示されて、中庭にウィニーを降りさせる。バッサバッサと空から竜が降りて来て、ノースフォーク騎士団の騎士達も驚いた。しかし、事前に通達を受けていたので、攻撃はせずに取り巻いて見ている。

だが、中庭にいた数頭の馬は本能的に竜を怖れた。ヒヒィ〜ンと暴れる馬の心に、フィンは平安を送り込む。ファビアンもできるようになっていたが、着陸したてで出遅れたのだ。

「フィンはやはり簡単に難しい技をやってのけるなぁ」

感心していたファビアンだが、建物から出てきた人物を見て、素早くウィニーから降り敬礼《けいれい》した。騒ぎを聞きつけて中庭に出てきたのは、ノースフォーク騎士団の団長・クレストだった。

フィンもウィニーから降りていたので、ペコリとお辞儀《じぎ》をした。

クレスト団長は、ファビアンは前の休暇の時に、魔法学校を卒業したら入団したいと挨拶に来たので知っていたが、上級魔法使いの弟子フィンとは初顔合わせだった。

（ファビアンはレオナール卿の子息として立派に育っているようだな。しかし、ルーベンス様の弟子はこんな頼りない少年なのか……）

髪の毛は竜での飛行で乱れており、十三歳にしては背が低い。

クレスト団長は、この少年が竜を制御できるのかと少し不安に思った。

しかし、クレスト団長の後ろに控えたファビアンの父・レオナール卿は、馬達を素早く大人しくさせたのはフィンだと気づいて感嘆《かんたん》していた。

（流石にルーベンス様の弟子に選ばれただけのことはある）

「クレスト団長さんですか？　俺はフィンといいます。師匠からの手紙を持って来ました」

大体の話はヘンドリック校長からの手紙で知っていたが、上級魔法使いからの手紙をクレスト団長は受け取って開けた。

『ウィニーを預かって欲しい。ルーベンス』

相変わらずだと溜め息しか出ないクレスト団長だが、上級魔法使いの要請を断ることはできない。

ともかく団長室でフィン達と詳しい話をしたいと思ったところで、ファビアンの持っているバスケットがガタガタ揺れてグラウニーが飛び出した。

空腹で目が覚めたグラウニーは『きゅるるる』と、ファビアンの肩に上って鳴いている。

竜が空腹を訴えるので、フィンの技で大人しくしていた馬達もビクビクしてしまう。

「ファビアン、それがグラウニーか？」

肩に乗っているチビ竜が、ウィニーのように大きくなるのかと、クレスト団長は驚いた。

「はい。団長、グラウニーに餌をやっても良いですか？　せっかくフィンが馬達を大人しくさせてくれたけど、竜が腹を空《す》かせていたら、落ち着かないみたいです」

グラウニーにも興味はあるが、今はフィンから話を聞くのが優先だ。ウィニーを中庭に放置しておくのも不安だったので、クレスト団長はファビアンに、グラウニーに餌をやるついでに竜達の番をするように命じ、フィンを自室に連れて行った。

クレスト団長の部屋は武人らしく、武器が壁に飾られていた。冬の厳しさに備えて窓は小さめだが、今は短い夏を楽しもうと全開にしてあった。

「フィン君、そこに座りなさい」

フィンは団長の指示に従って長椅子に座った。目の前にクレスト団長とレオナール卿が座っていて、その威圧感に、ファビアンが横に居てくれたらなぁと心細く感じた。

「ヘンドリック校長からは、竜でフィン君とファビアンが訪問するとのみ告げられた。ルーベンス様の手紙にはウィニーを預かってくれと書いてあるが、どういうことか説明して欲しい」

フィンはまともに説明してくれていない師匠を内心で罵《ののし》ったが、ウィニーは自分の竜なので仕方ないと腹を括る。

「夏休みに、師匠と俺はサリン王国に偵察に行くのです。ウィニーは連れて行けなくて、本当は魔法学校で待っていて欲しいけど、少しでも近くにいたいと言うので、こちらで預かって欲しいのです。ウィニーの世話をするバースを後で連れて来ます」

クレスト団長は、見かけよりしっかりしていると、フィンを評価し直した。

「ファビアンも竜をもらったとは聞いていたが、何故なのだ？」

レオナール卿は前から不思議に感じていたのだ。

「ええっと……それは師匠が竜の卵を渡したので、師匠に聞いてください」

クレスト団長もレオナール卿も納得できなかったが、フィンに竜舎の建設や、ファビアンに飛行訓練させて欲しいと用事を次々に言われたので、注意はそちらに向いていった。

「簡単な竜舎で良いのです」と遠慮するフィンだったが、いずれはファビアンと共にグラウニーがノースフォーク騎士団に来るのだから、そうもいかない。

「まずは簡単な竜舎を建てて、バースが来てから相談しましょう」

竜舎は任せることにして、ペコリと頭を下げると、フィンはウィニーと飛び立った。

残されたファビアンはクレスト団長と父親に質問攻めにあったが、フィンの祖先のアレンがアシュレイであることだけは秘密にしておいた。傍系《ぼうけい》の自分でさえアシュレイの血が流れていると騒がれるのは嫌なのだから、直系のフィンはなおさらだろうと思ったのだ。

しかし、レオナール卿はほとんど真実に気づいていた。

（クレスト団長に隠し事をするとは、ファビアンにはまだ入団する資格は無いな）

自分の入団を疑問視されているとは、ファビアンはまだ気づいていなかった。

十七　師匠《ししょう》との旅

　フィンはチョコッとカリン村の家に寄って、給金を母親に渡した。

「お前の本を読んだよ、凄いねえ。ローラとキャシーは何十回も読んで、暗記《あんき》したんだよ」

　ちょっと寄っただけなんだと、慌ただしく竜に飛び乗るフィンに、他の兄弟達が帰ってくるまで待てないのかと溜め息をつく。

「あっ、そうだ！　俺は師匠から名字を付けてもらったんだ。フリーゲンってんだよ～」

　そんな大事なことを空から叫んでいる息子に、まだまだ修業が必要だとメアリーは苦笑した。

　一足違いで会えなかったハンスと娘達は、メアリーから話を聞いて、フィンらしいと笑った。

「忙しそうだなぁ～」

　ハンスはフィンが持ってきた給金で、夏至祭《げしさい》の市で子牛と子豚を買えると喜んだ。

　お金を貯《た》めてジョンが独立する時に援助してやりたいし、家畜も分けてやりたい。それに賢いローラを上の学校へ通わせてやりたいし、キャシーには手に職を付けさせてやりたかった。

「お前も嫁さんをもらわなきゃいけないんだよ」

給金を家族のために使う算段をしているハンスに、メアリーは笑いながら忠告する。

「妹達が嫁に行くまでは、結婚しないよ」

メアリーは家族思いのハンスを少し可哀想に思ったが、父親のケリンにそっくりだと懐《なつ》かしく感じた。

慌ただしく実家を飛び立ったフィンは、竜の休憩場所を提供してくれた領主の屋敷に着いた。

「大丈夫ですか？」

領主が目を回さないかと心配したが、魔法使いなのでウィニーとも話せ、意外と大丈夫だった。領主を乗せてサリヴァンまで飛び、魔法学校の竜舎の前に着地すると、すごく喜ばれた。

「私の領地からサリヴァンまで三日はかかるのに、ほんの数時間で来られた！　フィン君、ありがとう」

急ぎの用事があるのだと、喜んで去っていく領主を見送って、確かに竜を必要としている人も多いだろうとフィンは考えた。

ウィニーをバースに預けて師匠に報告をしに塔を上ろうとして、既に旅に出ているのだと気づいた。

（師匠、お酒を飲み過ぎてないかなぁ）

一人で旅をしている師匠と早く合流しないと！　フィンは気が急いたが、流石にリンドンへの往復《おうふく》で疲れていた。ウィニーも疲れているだろうと、バースと相談して明日は休みにした。

二日後、バースをリンドンに送って行くと、簡単な竜舎ができていた。

「ファビアン、仕事が早いね～」

「全員で頑張ってくれたからね」

ファビアンは、竜の姿を馬達から隠したかったのだろうと、苦笑した。チビ竜のグラウニーでも、馬はどきどきするみたいなのだ。

「少しずつ慣らすしかないよ」

フィンの計画ではリンドンにウィニーを置いて、師匠と合流するために馬でサリヴァンまで逆走するつもりだった。

『私が乗せて行くよ！　そうしたら早くルーベンスと合流できるだろ？』

『ひとりでリンドンまで帰れるの？』

ウィニーが大丈夫だと言うので、その言葉を信じて飛び立った。

「予定ではサリヴァンからかなり北に進んでいるはずだけど……」

ルーベンスは、合流するまでは吟遊詩人の営業を控えて北へ急ぐと言っていたが、気配を感じない。

「もっと南かな？　あっ！　あそこだぁ！」

街道《かいどう》をとぼとぼと見栄《みば》えの悪い馬に跨がり、フィンのロバを連れて呑気そうに竪琴を爪弾いているルーベンスを見つけた。

「師匠～」

大声で叫ぶフィンに、吟遊詩人の偽装《ぎそう》がバレるではないか！　とルーベンスは腹を立てる。

『遠くに降りろ！』

フィンは、そうだった！　と少し離れた場所にウィニーを着地させた。

『ウィニー、リンドンへ帰って！』

ウィニーはフィンと離れがたく感じたが、竜は嘘をつかない。自分だけでリンドンまで帰れると言ったのを後悔《こうかい》したが、ウィニーは飛び去った。

フィンは街道の横の草原に寝っ転がって、師匠が来るまで草笛《くさぶえ》を吹きながら待つ。

『可愛いウィニー、ウィニー、ウィニー！』

草笛でピィピイと呑気に『可愛いウィニー』を吹いていると、師匠がやっと追いついた。

「師匠〜！　もっと北だと思っていましたよ」

ぴょんと飛び起きて、走り寄るフィンに、竜で近づいたらバレるだろうと雷を落とすが、旅程《りょてい》が進んでいないのは反省した。

「このなりでは高級旅館には泊まれないのでなぁ、つい常宿《じょうやど》に泊まったら……」

フィンは仕方ないなぁと、肩を竦める。ロバに跨がって、できるだけ急がせた。

「お前、さっき『可愛いウィニー』を草笛で上手く吹いていたなぁ」

どうも師匠は吟遊詩人の弟子としての指導が多い。しかし徐々に、魔法の技を習うだけが上級魔法使いの弟子ではないと、フィンも気づいていた。

「草笛なら農家の少年だったら、誰でも吹けるよ」

女の子でも吹ける子はいるが、母親が嫌な顔をすると、フィンから庶民《しょみん》の生活を教えてもらう。

フィンという監視がついたので、なるべく夕方まで旅を続け、吟遊詩人としての営業も夜遅くまではせず、早めにベッドに入る。

ルーベンスは口うるさいフィンに渋い顔をしたが、深酒《ふかざけ》をしないと体調が良いのにも気づいた。

「フィン、お前の治療の技は中級以上だなぁ」

関節痛の治療を掛けてもらいながら、ルーベンスはフィンの成長を褒めた。

「そりゃあ、毎日訓練していますから」

そう言いながら、フィンは師匠との旅は何度目だろうと指折り数えた。

「一度目は家族に会いに、二度目は桜を見に行ってウィニーが孵ったんだ。夏休みにルキアに行って、そこからカリン村に……」

師匠との旅は吟遊詩人としての旅が多いなぁとフィンは笑った。

フィンはウィニーが寂しがっているのを感じるので、リンドンへ急いだ。ルーベンスも本来の旅の目的はサリン王国なので、フィンに急かされるまま旅を続けた。


リンドンの街に近づいた時、急にフィンが叫んだ。

『ウィニー、駄目だよ！　後で会いに行くまで我慢して！』

折角の偽装がバレてしまうと、フィンはウィニーに言い聞かせる。

「ウィニーに気づかれたのか？　今夜はリンドンの宿屋で吟遊詩人として営業をするが、ファビアンに郊外に連れて来てもらいなさい」

ノースフォーク騎士団の駐屯地を吟遊詩人の弟子がうろちょろしていたら、変に思われるだろうと注意された。姿消しの技で入ることもできるが、ノースフォーク騎士団にも魔法使いがいるので、気づかれて騒がれるのも困る。

今回はカザフ王国の時のように一日だけ偵察に行くのではなく、サリン王国の首都ベリエールまで調査する予定なので、慎重《しんちょう》に振る舞う必要がある。

『フィン！　会いたかったよ〜』

ファビアンを乗せて、リンドンの街の外にウィニーは舞い降りた。

フィンもウィニーが孵ってから、ルキアの一日以外では離れたことが無かったので、首に抱きついて寂しかったと言い合う。

ファビアンは、そんなことをしていたらサリン王国にウィニーが付いて行くぞと注意した。

『ウィニー、ファビアンと飛行訓練している？』

『騎士団の人を乗せて飛んでいるよ。でも、何人かは怖がっているんだ。口には出さないけど、感じるんだ……』

ファビアンは、クレスト団長や、父上や、ノースフォーク騎士団付きの魔法使いは竜を怖がらないが、勇敢《ゆうかん》な騎士達も内心ではビクビクしていると苦笑する。

「ウィニーと飛行訓練しているうちに、慣れていくよ」

ファビアンは騎士団が竜に慣れる練習になるだろうと張り切っていた。

「あっ、そろそろ旅館に帰らなきゃ！　師匠は目を離すと、酒を飲み過ぎるんだ。皆、師匠に酒を奢《おご》ってくれるのは良いけど、二日酔いになっちゃうよ〜」

夕暮れの中、ウィニーにファビアンとバースの言うことを聞くんだよと言い聞かせてロバに跨がる。寂しそうなウィニーを宥めて、ファビアンはノースフォーク騎士団に帰った。

(それにしても、フィンは吟遊詩人の弟子にしか見えないなぁ)

くるくるの茶色の巻き毛の上に、古びた麦藁帽子《むぎわらぼうし》を被ってロバに揺られているフィンを、ウィニーと飛び越えながら手を振った。ウィニーは寂しそうに、きゅるるるると鳴いた。

十八　サリン王国へ

リンドンで吟遊詩人として営業したルーベンスとフィンは、宿屋の主人の夏至祭まで逗《とう》留《りゅう》してくれという頼みを振り切って国境に向かった。ノースフォーク騎士団が護る国境の門をくぐると、防衛魔法がそびえ立っている。

(フィンにも綻びが見えているだろうな)

門が開いている時には、人が通行できるように防衛魔法は門の幅《はば》だけ消えている。しかしそれ以外にも、時を経て、偉大な魔法使いアシュレイの防衛魔法にはあちこちに穴が開いている。それを支えている上級魔法使いのルーベンスは、見るに堪《た》えないと顔を背《そむ》けた。

「帰りに何とかしてみます」

フィンはこの防衛魔法を百年も支えている師匠の苦労を感じて、何か手を打とうと考えた。

ルーベンスはこの数年調べているのに何も見つけられなかったが、西の国境の防衛魔法を強化できたフィンに任せてみることにする。

「また、石を積むのか？」

フィンは他の方法を考えますと、ロバで通り過ぎた防衛魔法を振り返ったが、別のものが目に入った。

「げげげ……ウィニー！　こっちに来ちゃ駄目だよ！」

防衛魔法を通り抜けられるのかは不明だが、ノースフォーク騎士団の上にウィニーが旋《せん》回《かい》していた。門をくぐった商人や、サリン王国からシラス王国に来ようとしていた商人は、竜に護られた国境に驚きを隠せない。

しかし、シラス王国の商人は驚いたが、心強く感じた様子だった。

「ぎょえぃ！　竜がいるぞ！」

国境に向かっていたサリン王国の商人達は尻込《しりご》みした。しかしシラス王国の商人達にあれは『可愛いウィニー』だよと教えられて、とても可愛いとは思えないなどと酷いことを呟きながら、人を襲わないと信じて進む。

フィンも竜は怖くないよと、すれ違う商人達に話したが、吟遊詩人のチビな弟子の言葉はあまり信じてもらえなかった。サリン王国からの商人は、竜が遠くに飛び去ったので安心したし、フィンもウィニーが追いかけて来なかったので胸を撫で下ろした。

サリン王国の風景を見渡して、カリン村とさほど変わらないなぁと呟く。街道の先にはサリン王国の街、ヘレナの城壁《じょうへき》が見えてきた。

「ここを通り過ぎて、首都ベリエールまで急ぐとしよう」

ヘレナの街に入る行列に並んで、衛兵達の調べを受ける様子を見ていたが、さほど厳しくなさそうだ。鼻薬をかがせた商人を優先的に通しているのを呆れて眺め、昨年のカザフ王国の警備の方がまともだなとフィンは思った。

「サリン王国は上層部からかなり腐ってきているな」

ルーベンスは、国境を護る衛兵達がこんな賄賂《わいろ》を要求するのは、上への信頼が崩《くず》れているからだと敵国ながら舌打ちしたくなる。

フィンも事前に説明を受けていた通り、サリン王国にカザフ王国の密偵が入り込み、王家の威信《いしん》を崩している影響が出ていると感じた。

賄賂を払わない商人も、さほど調べられる訳では無いので、フィン達も旅の吟遊詩人かぁと楽器を背負った姿だけで通された。

ルーベンスはこんな国境の街はとっとと通り過ぎようと門をくぐったが、後ろから門番の一人が「どの酒場で唄うのだ？」と付いて来た。こうなったら、今晩はここで営業しないと疑われる。ルーベンスは大人しく門番の話に乗ることにした。

「どの宿屋がよろしいでしょうなぁ？」

門番達の行きつけの酒場に、ルーベンスは案内された。

「おお～い！　親父っさん、旅の吟遊詩人を連れて来てやったぞ！　今夜は皆でどんちゃん騒ぎだぁ～」

宿屋の主人は門番にはへいこらしていたが、立ち去るとやれやれと溜め息をついた。

「ツケを払ってくれたら、嬉しいんだがなぁ」

ルーベンスは門番達の規律が緩んでいるのは、給料がちゃんと支払われていないからではと感じた。サリン王国の偵察は、最初の街から波乱含みだ。

「迷惑なら次の街へ移るが……」

面倒に巻き込まれるのは御免だと言う吟遊詩人を、主人は慌てて引き止めた。

「いやぁ、吟遊詩人は大歓迎だ。ツケは給料が出たら、払ってもらうさ！　あんたが出て行ったら、あいつの顔を潰すことになるからなぁ、暴れられたら困るよ」

宿代をタダにしてもらう交渉《こうしょう》や、門番達の給料の遅延《ちえん》の事情を聞き出すのを師匠に任せて、フィンは弟子らしく馬とロバを厩《うまや》に連れて行く。

宿屋の小僧はフィンから馬とロバを受け取ったが、主人から酒を買って来い！　と怒鳴られて出ていこうとする。

本当は通り過ぎる予定だったので、まだ昼にもなってない。フィンもヘレナの街の様子を見に行こうと考えた。

「俺も付いて行くよ！」

宿屋の小僧なら、ヘレナの街は裏通りまで知っている。フィンは小僧に案内を任せることにした。

「親父さんは、いつも不機嫌なんだ」

二人で手押し車を押しながら、ヘレナの街の事情を聞き出す。酒場の小僧だから経済や政治などは知らないが、門番達の給料が遅れているからチップももらえないとか、ちょっと毛色の違う人が出入りしているらしかった。

「毛色の違う人？」

「浅黒い肌で、黒髪の商人さ！　ここらじゃ珍《めずら》しいけど、チップはたっぷりくれるし、ケチな門番よりマシだ」

カリン村より北部のサリン王国は、基本的に髪は茶色か金髪が多い。

（浅黒い肌に黒髪ってことは南部の人？　でもヘレナは内陸だ。港でもないのに、なぜ南部の人達がいたんだろう？）

フィンはチップが多いのは羨ましいなぁと、今は居ないのかと尋ねた。

「残念だったなぁ～、首都ベリエールに旅立った後だよ」

小僧に前の街でもらったチップで揚《あ》げ菓子を奢ってやり、ヘレナの街を流れる川の側で、べたべたする指を舐《な》めながら詳しく聞く。

「そんな羽振りの良い商人達に追いついたら、チップがいっぱいもらえるのになぁ」

羨ましそうなフィンに、揚げ菓子のお礼だと小僧は色々と教えてくれた。

「あの商人達の中に一人変な人がいるというか、ここら辺の人間っぽいけど、訛《なま》りが変てこな人が合流したんだ。その人もチップを沢山くれたけど、席に近寄るな！　って言うだなんて変わっているよね」

普通チップをくれる客は、早く酒を持って来いとか、料理を熱々《あつあつ》で運んで来るのを期待するのだと、小僧は首を捻る。

「へぇ～、その人はどんな格好だったの？」

フィンも変だと感じたが、興味無さそうに、舐めた指を服でこすりながら聞いた。

「白髪混じりの金髪で、なんか優しそうなのに、近寄るな！　と言った時はゾッとしたよ」

小僧もべたべたの指を舐め終わり、そろそろ帰らなきゃと手押し車を押し出す。

（あいつだ！　父さんが死んだと伝えに来た奴だ！）

白髪混じりの金髪の男なんて、何百人、何千人もいるだろうが、フィンの髪の毛は直感で逆立《さかだ》った。

小僧に言われて手押し車を押しながら、フィンは絶対に奴を捕まえてやると決意した。

「手伝ってよ〜」

小僧が酒を店に運ぶのまでは手伝わず、荷物を二階の部屋に運ぶ。

「フィン、何かあったのか？」

師匠に見破《みやぶ》られたとフィンはがっくりしたが、小僧に聞いた話を伝えた。

ルーベンスはフィンが普通の子どもっぽいから、小僧も安心してべらべら話したのだと、意外に偵察に向いていることに感心する。

「毛色の変わった奴等は、怪しいなぁ……」

近頃、シラス王国の交易船が海賊に襲われることが増えている。海賊は南部を中心に行動しており、浅黒い肌と黒髪の者が多い。そして、カザフ王国が海賊を支援しているという噂もある。確たる証拠はないが、フィンの言う南部の商人は海賊ではないかと、ルーベンスの勘《かん》が告げていた。

しかし、フィンとしては白髪混じりの金髪の男の方が気になる。

「お前の言う通り、そやつはカザフ王国の密偵だ。そちらの正体はわかっているし、逃がすつもりもない」

ルーベンスの青い瞳が怒りに燃えているのに気づいて、フィンは初めて師匠が怖いと感じた。

その後、フィンは何故ここに毛色の変わった商人がいたのか考えろと、夏休みなのに宿題を出された。

「何故って、首都ベリエールに行くからでしょう……」

折角、偵察に向いているかもと見直したのにと、ルーベンスは溜め息をつく。

「もっと目を開けて、ヘレナの街を見て来なさい！」

ルーベンスはベッドに寝っ転がって、白髪混じりの金髪の魔法使いを探索《たんさく》したいので、フィンを追い出した。それから一度触れた奴の魔法の波動をたどろうと、魔法で探索を試みる。相変わらずフィンが眩《まぶ》しく輝いていて、もう少しセーブさせる方法を身につけさせなくてはと、去年と同じ感想を持った。

「少なくとも、ヘレナには居ないな……。やはり首都ベリエールに向かったのか」

できればフィンの前で秘密を聞き出したり、命を取ったりしたくない。ルーベンスはフィンを置いて来れば良かったかと後悔する。

「しかし、フィンは目の前の川を行き来する舟にも気づかないのか？」

宿屋の二階からもヘレナの街の中の川の賑わいが見てとれた。海から川に入りヘレナまで荷物を運び、ここからは馬車で首都ベリエールまで街道を遡《さかのぼ》るのだ。南部の商人達もその行程でヘレナまで来たに違いない。

「いくらおっちょこちょいでも、夕方までには気づくだろう」

探索で少し疲れたと、ルーベンスは昼寝することにした。早起きのフィンとの旅は、宵っ張りで朝寝坊のルーベンスとペースが違うのだ。

師匠が昼寝している間に、流石のフィンも舟から荷下《にお》ろしされる様子を見て、なるほど！　と納得した。

「外国の地理も、もっと勉強しなきゃ！」

勉強するものだらけだと、フィンは溜め息をついた。

十九　首都ベリエール

「へぇ～！　やはり首都なだけあるねぇ」

ヘレナから街道を北上する途中にも、大きな街は何ヶ所かあったが、首都ベリエールは別格だった。

「ほら、ぼんやりしないで付いて来い！　人が多いから、迷子《まいご》になるなよ」

ルーベンスが注意するほどの凄い人混みだ。

「夏至祭だからかなぁ」

あまりの人混みに、馬とロバから降りて、手綱《たづな》を引っ張って歩く。花飾りを付けた屋台をきょろきょろと見ているフィンの落ちつきの無さに、本当に迷子になるぞと注意する。

「これは多分、カザフ王国の姫君が訪問されているからだろう」

元々の屋台だけでなく、公園などで王家からの振る舞い酒やパンなどが配《くば》られていると顎《あご》で示す。

（その結婚で同盟を組んで、バルト王国を挟み撃ちにする計画だと、サリン王国は信じて喜んでいる。何故、カザフ王国に攻め滅《ほろ》ぼされた他国の悲劇から、学ぼうとしないのだ）

ファビアンが苦い顔をしていたのを思い出した。

「師匠、でもカザフ王国は……」

ルーベンスに、シッ！　と口止《くちど》めされたが、姫君を歓迎しているベリエールの人々は、カザフ王国のやり口を知らないのだろうかと溜め息をついた。

共通の敵国であるバルト王国を滅ぼして、その領地を分割《ぶんかつ》するまでは同盟国として協力するだろうが、姫君が跡取《あとと》りを生めば、王や王子には用が無くなるのだ。

カザフ王国のフレデリック王の大陸全土を支配したいという誇大妄想《こだいもうそう》の前には、シラス王国しか立ち向かう国は無くなるのだろうかと、フィンは未来を憂《うれ》えた。

（陸沿《ぞ》いの国境はアシュレイの防衛魔法で護られているけど、海岸線は無防備なんだ……。近頃の海賊の横行もカザフ王国の陰謀《いんぼう》なのかな？）

ヘレナの街で聞いた浅黒い肌の男達と、カザフ王国の密偵がベリエールにいるかもしれないと、フィンは気を引き締める。ルーベンスは、浮かれている人々が数年後にはカザフ王国の占領下で、どんな生活をするのだろうかと暗澹《あんたん》たる気持ちになった。

（サリン王国やバルト王国のためにも、カザフ王国の野望がらみの婚姻を阻止《そし》したいが……）

ルーベンスはフレデリック王がいくら大勢の側室を侍《はべ》らせているとはいえ、そう都合の良い年頃の姫君がいるものだろうかと疑っていた。

（小国にも何人も嫁がせているが、そのうちの何人が本物の娘か怪しいものだ。攻めた時に人質《ひとじち》になって、殺されるかもしれぬのだからなぁ……。まぁ、フレデリック王は気にしないかもしれないが……）

フレデリック王は確か六十歳を過ぎており、訪問中のミランダ姫は十五歳ぐらいだ。実の娘の可能性もあり得ると言えばあり得るが、王妃の生んだ姫でないことは確実だとルーベンスは考えた。

「フィン、こっちだ！」

通行も難しい表通りの雑踏《ざっとう》を避けて、裏通りに入った。ルーベンスは何度かベリエールを訪れていたので、常宿がある。

以前は治安がそこそこ良い町だったが、どうもよした方が良いと警戒心が動いた。賑やかな表通りを一本外れた裏通りは、荒《すさ》んだ雰囲気に変わっていたのだ。

目つきの悪い連中が、昼間っから酒瓶を抱えてたむろしている通りにある常宿に、まだ子どものフィンを近づけたくなかった。ルーベンスは常宿を通り越して、もう少し治安の良さそうな地区の宿屋に決めた。

師匠が営業する代わりに宿代や食事代をタダにしてくれるように宿屋の主人と交渉している間、フィンも馬やロバを小僧がちゃんと世話するか確かめてから、荷物を持って部屋に上がった。

「師匠？　立派な部屋ですね」

いつも吟遊詩人として泊まる宿屋より、少し高そうな部屋だと喜ぶフィンに苦笑する。

上級魔法使いのルーベンスは、もっと高級な宿屋に泊まれる給金をもらっていたのだ。

「夏至祭の間は、下町に近づかない方が良いだろう。長い逗留になれば、場所換えも必要だろうがな」

人混みの中を歩いたので、師匠は奮発《ふんぱつ》して風呂に入ろうと言い出した。宿屋の女中《じょちゅう》にチップを弾んで、交代で風呂を使った。ついでに道中で着ていた服も洗濯《せんたく》してもらう。

「フィン、夏至祭が終わるまで、一人で街に出てはいけないぞ」

屋台を見物しようと思っていたフィンが露骨《ろこつ》にがっかりしたので、宿屋の小僧と一緒なら少しだけ行っても良いと許可を出した。

(夏至祭は酒場も昼から客が来るだろうから、小僧もほんの一時間くらいしか見物には行けないだろう)

敵国に居るのだから喧嘩《けんか》に巻き込まれないようにしろと注意をして、ルーベンスは昼寝をした。フィンは小僧に、いつ夏至祭の見学に行くのか？と尋ねに下りた。

「ちょこっとしか行けないんだ。でも、夏至祭のお小遣《こづか》いをもらったから、屋台で焼き串を食べるつもりだよ」

フィンも師匠にお小遣いをもらったので焼き串を食べたいと小僧に話した。二人で焼き串の値段などを話していると、宿屋の主人に呆れられた。

「屋台の焼き串より、真っ当な物を食べさせてやっているのに！　まぁ、食べ盛りの男の子は、そんなものかなぁ。食欲ばかりでどうしようもない。教会にお祈りでも行けば良いのに」

小僧とフィンは、折角の休み時間を教会で過ごすつもりはないと顔を見合わせた。

「王宮近くの教会には、カザフ王国のお姫様の一行がお祈りに来られると聞いたぞ。綺麗なお姫様や侍女《じじょ》が付き添っていると思うがなぁ」

小僧は何か振る舞い物があるかも？　とフィンを誘った。

「何時頃にお祈りに来られるのですか？　師匠が唄う時は、演奏しなきゃいけないから……」

小僧は興味津々だったが、フィンは気乗りしない様子で主人に尋ねる。

「お前さん、不信心だなぁ！　夏至祭の朝に決まっているだろ、昼からは王宮でご馳走《ちそう》を食べるのだからな。吟遊詩人なんて、朝からは唄わないだろう」

小僧も朝食の後片付けが済んでから、昼までの間ならと許可が出た。

「じゃあ、明日の朝に」

二人が真面目に教会で祈るとは思えないが、教会の前までは行くだろうと、信心深い主人は一応大人の義務は果たしたと満足する。主人は早朝のお祈りに行くつもりだった。

フィンはカザフ王国のお姫様ってどんな人かな？　チラリと見えたらめっけものだな、と思っていた。

小僧の方はきっとカザフ王国が教会の前で何か配ると、うきうきしていた。

ルーベンスは短い昼寝の間に、そんな話になっているとは知らなかった。

「そろそろ、演奏しようか……」

洗濯したてのシャツに着替えて下に降りると、フィンに早めの夕食を食べさせる。ルーベンスはつまみと酒が夕食だ。

「そろそろ演奏してくれよ」

夏至祭の前夜祭だから、皆、早いうちから酒を飲んでいる。ルーベンスも良い頃合だろうと、竪琴を奏で始めた。

フィンは山盛りのシチューとパンを急いで呑《の》み込むと、りんごジュースを一気飲みして、台所へ食器を持って行く。

「あんたの師匠、良い声をしているねぇ！　年寄りだからあまり期待してなかったんだ」

賄《まかな》いの女の人や女中に、ほら急がなきゃと叱られて、フィンも竪琴で伴奏《ばんそう》する。ベリエールに来るまでにサリン王国の曲にも慣れたので、淀《よど》みなく竪琴を爪弾いた。女中や空《あ》いた皿を下げていた小僧も少し見直した様子だ。

「あれなら、チップで良い稼ぎができるな」

吟遊詩人が儲けているなら、弟子も小遣いが多いかもしれない。小僧は、明日焼き串を何本食べられるか考えた。

客達も大満足で、次々にリクエストの声が飛び込む。宿屋の主人は窓から聞こえる陽気な音楽に惹かれて客が入ってくるので、笑いが止まらない。女中や小僧も、いい気分で酔っ払った客達からチップをもらってご機嫌だった。

こうして前夜祭は賑やかに過ぎた。

昼寝をしてすこぶる元気なルーベンスは、客に奢られる酒を飲みながら演奏したが、夜中前にフィンを部屋に下がらせた。酔っ払った男達だけになってきたのと、早寝早起きのフィンが眠そうなのに気づいたからだ。

夜が更《ふ》けてからは、少し色っぽい戯《ざ》れ歌が演奏され、男達の濁声《だみごえ》の合唱が眠っているフィンにも時々聞こえた。主人はそろそろお開きだと、酔っ払った男達を酒場から追い出した。文句をつける男達に、明日もあるさ！　と言い聞かせる。

「やれやれ、あんたのおかげで酒が売り切れたよ。寝酒を一杯やるかい？」

上機嫌な主人と寝酒を一杯どころか数杯飲んだのを、翌朝ルーベンスは二日酔いと共に後悔することになる。

二十　夏至祭の配《くば》り物

「師匠、夏至祭の見物に行ってきます」

朝寝坊のルーベンスに声を掛けたが、唸り声の返事もどきが返ってきただけだ。フィンが宿屋の台所でパンとミルクを賄いの小母《おば》さんからもらって食べている間に、小僧は朝ご飯の片付けを済ませた。

「お待たせ〜！　さぁ、行こうぜ！」

フィンは小僧と、一応は教会にカザフ王国のお姫様一行を見に行くことにしていた。

「王宮近くの教会までは遠いのかい？」

夏至祭の屋台の多くは開店準備をしていて、良い香りが漂《ただよ》っている。

「そんなに遠くないよ。まだ屋台は開いてないし、きっと配り物もあるはずだから教会へ急ごう！」

小僧はフィンより朝早くご飯を食べてお腹が空《す》いていたので、ただの配り物をもらってから焼き串を食べようとフィンを急かす。

フィンは、カザフ王国の姫君を見てもこの婚姻を止められる訳では無いので、ベリエールの賑やかな夏至祭に気もそぞろだ。下町の少し治安がマシな地区から、王宮近くの教会まで小走りで向かった。

「やったぁ！　まだ配り物をしているよ」

何かなぁと列に並んだ小僧は、少し横に出てぴょんぴょん跳ねる。

「うわぁ！　オレンジだ！」

北のサリン王国ではオレンジは貴重品だ。小僧は前に一度食べたことがあると、唾《つば》を呑み込む。

シラス王国の南部ではオレンジが栽培《さいばい》されていたし、魔法学校では果物もよくデザートで出ていたから、フィンにはさほど珍しくもない。カザフ王国がサリン王国の民衆のご機嫌とりをしているのだ。

「あれっ？　列が進まなくなったぞ！　もしかしてオレンジが無くなったのかな？」

またぴょんぴょん飛び跳ねて、小僧は列の前の様子を見ようとする。

「何だか教会から人が出て来たみたいだよ」

ぞろぞろと教会から着飾った人々が出て来て、階段を下りているが、小僧の眼中には無い。

「オレンジがまだあるか見てくるから、順番を取っておいてよ！」

小僧は前に行こうとしたが、列に並んでいる他の人達から割り込みは無しだ！　と怒鳴られて、慌てて列に戻る。

配給所が見えてきて、フィンは先ほど列が止まった理由がわかった。着飾ったミランダ姫と侍女達が、オレンジを配っていたのだ。

（ふん！　姫君を使ってのご機嫌とりをするつもりか……）

肝心《かんじん》のミランダ姫はさほど熱心ではなさそうで、侍女達が配るのを、退屈そうに眺めていた。

付き添いの貴族や武官達は、民衆がミランダ姫に近づかないようにしていて、フィンはこれなら姫君をここに置いている意味は無いのでは？　と思った。しかし小僧や他の人達は、綺麗だなぁとかお優しい姫君だと感心している様子なので、カザフ王国のやり方で問題ないのだと呆れる。

やっとフィン達の番になり、小僧は侍女からオレンジをもらおうと手を伸ばした。

「少しは、ミランダ姫もお配りください」

お付きの貴族に言われて、ミランダ姫はオレンジを一つ手に持った。小僧は侍女からもらおうとしていたが、お姫様からもらえるなら、それはそれで嬉しいと手を伸ばす。

「ありがとうございます」

小僧のお礼も聞こえていないのか、退屈そうに次のオレンジをフィンに渡そうとしたミランダは、少し驚いた顔をした。

「お前は？」

列に並んでいる庶民の中では、真っ当なこざっぱりしたシャツを着ていたし、自分への視線の強さにミランダはハッとしたようだ。

「ありがとうございます」

ヤバい！　気づかれたと、フィンは目を伏《ふ》せてオレンジをもらうと配給所を小僧と離れた。

（偵察中だと忘れていた！）

他の人達は、着飾ったミランダ姫を称賛《しょうさん》の眼差《まなざ》しで眺めていたのだ。小僧を急かしてこの場を離れようとしたが、小僧は教会の階段に座り込んでオレンジを夢中で食べている。

フィンはこれ以上急かすのも目立つと思い、小僧の横でオレンジの皮を剥《む》く。ミランダ姫は後ろを振り向きその様子を見て、フィンがオレンジを食べ慣れているのに気づいた。

（ペッペッと、行儀《ぎょうぎ》悪く皮を道に吐き出している連中とは違うわ！）

ミランダ姫はフィンを見て、この子を利用しようとほくそ笑んだ。フィンは悪寒《おかん》がして、食べ終わった小僧に焼き串を食べに行こうと声を掛けた。

「ほら、もう一つオレンジをあげましょう」

フィンは立ち去ろうと急がせるが、小僧が手に付いたオレンジの汁を舐めるのに手こずっている間に、目の前にミランダ姫が侍女達と立っていた。

「ええっ〜！　もう一つくれるの？」

オレンジをもう一つ食べ出した小僧は、食べ終わるまで動きそうにない。フィンにもオレンジをくれたので、お礼を言う。

「ありがとうございます」

「お前はサリン王国の者ではないみたいね」

フィンは偵察中だとバレたかとどぎまぎしながら、旅の吟遊詩人の弟子です、と下を向いたまま答える。

「まぁ、吟遊詩人！　素敵だわ」

ミランダ姫は茶色い瞳を輝かせた。

「演奏も凄く上手いんだぜ」

黙ってオレンジを食べていろ！　とフィンは怒鳴りたくなったが、小僧はべらべらと自慢しだす。

「ミランダ姫様……」

貴族に注意されて、ミランダは立派なカザフ王国の紋章《もんしょう》が付いた馬車に乗り込んだ。

フィンは小僧がオレンジを食べ終わるのを待って焼き串を食べに行ったが、固くて美味《おい》しいとは思えなかった。それに、何となくミランダ姫の様子が変だったのが気になって、フィンは焼き串を食べる気分になれなかったのだ。

「もうこんな時間だ！　帰らなきゃ！」

教会の鐘に驚いて、小僧は焼き串から肉だけ引き抜いて走り出す。

「あれ？　ちょっと待って！」

フィンは小僧を呼び止めて、その背中に小さな蜘蛛《くも》がいたのを振り払った。その瞬間、金色の糸がピカリと光った気がした。

「痛いなぁ！」と怒る小僧に、背中に蜘蛛がいたんだと言うと、嫌いなんだと大袈裟に騒いで、足をばたばたさせた。

金色の糸は消えてしまい、ただの蜘蛛の糸が光ったのか、それとも魔法の糸だったのか、フィンには判別できなかった。

小僧と宿屋まで走って帰り、余分にもらったオレンジを賄いの小母さんと女中にあげた。

「おやまぁ！　オレンジだよ」

二人はナイフで半分に切りながら、お姫様はどんなドレスを着ていたか？　とフィンと小僧に尋ねたが、満足な答えは返ってこなかった。

「あんた達は、オレンジしか見てなかったんだね～」

オレンジを食べている女中に呆れられたが、フィンも茶色の髪の毛と茶色の瞳しか覚えていなかったのでぐうの音も出ない。

「まだ色気《いろけ》より食い気なんだよ～。屋台の焼き串なんて食べてさぁ」

オレンジを食べ終わった賄いの小母さんは、何故わかったの？　と不思議そうな顔をする二人に、口の周りを拭《ふ》きな！　と布を差し出した。

フィンと小僧は、焼き串のタレがついている互いの顔を見合わせて笑った。

フィンは昼ご飯の準備で忙しくなった台所を離れて、自分達の部屋に戻った。

「師匠～！　起きてくださいよ」

布団を被りなおす師匠が酒臭く、フィンは溜め息をつく。布団の上から、二日酔いの治療の技を掛けた。

「師匠！　ミランダ姫は魔法使いなんですか？」

二日酔いが治ったルーベンスは、フィンの言葉に驚いて起き上がった。

「カザフ王国の王家には魔法使いはいないはずだが……お前、ミランダ姫に会ったのか？」

フィンは師匠に、小僧と王宮近くの教会まで行ったのだと説明する。

「ミランダ姫に会った後、小僧の背中の蜘蛛から金色の糸が伸びていたんだ。もしかしたら魔法の蜘蛛だったのかと思って……」

フィンに魔法の技をほとんど教えていなかったことを、ルーベンスは今更《いまさら》ながら後悔した。

「それは動物を使った魔法の技だ。蜘蛛を使うのは、相手の居場所を探る初級の技だぞ」

知らないものと、フィンは肩を竦める。

「その蜘蛛は、ちゃんと殺したのか？」

フィンが小僧の背中から叩き落としただけだと言うと、今度からは踏み殺しなさいと溜め息まじりに叱る。

「小僧の足元にくっついて来たかもしれない」

ルーベンスは探索の糸をミランダ姫が使ったのか？　と考え込んで、宿屋の周りを捜索《そうさく》した。

「どうやら蜘蛛は、宿屋まではついて来なかったようだ」

「小僧が蜘蛛が嫌いだと足踏みして騒いだから、踏んづけたのかも」

二人で少しホッとしたが、それから師匠にミランダ姫のことをあれこれ質問された。

「綺麗なドレスを着ていたことと、髪と目の色だけしか覚えてないのか！」

師匠に呆れられたが、その場を離れたいのに、オレンジを食べていて離れようとしない小僧を急かす方に気を取られていたんだと、唇を突き出す。

「ねぇ、あのオレンジは浅黒い肌の連中が運んで来たのかな？　結構な数を配っていたんだよ」

ルーベンスも人気《にんき》とりは成功だなと、苦々しく頷いた。

「まぁ、オレンジを配るだけがベリエールに来た理由じゃないだろうがな」

フィンも、あの魔法使いと姫君が同時期にベリエールに居るのは、組んでいるからかもしれないと眉をひそめる。

「ねぇ、サリン王国の海軍はイマイチなんだよね？」

冬は氷に閉ざされる港を持つサリン王国が、海軍に力を入れていないのは常識だ。ヘレナに来ていた浅黒い肌の商人が海賊なら、カザフ王国の魔法使いが海賊を連れていたことになる。海賊を連れてサリン王国に来たのなら、ひとつの可能性が浮上する。

「まさか、サリン王国は海賊と手を組むつもりか？」

ルーベンスは難しい顔をした。無防備な海岸線を襲われては、領民達では防げないと思ったのだ。

「今夜は夏至祭だから宿屋を移れないが、明日にはもっと下町に移るぞ。治安が良くないから、私が一緒でない時は宿屋から出ないようにしろ！」

目を離したら何をするかわからないとルーベンスは叱ったが、そもそも目を離すべきでは無かったのだと深酒を反省した。

昼過ぎから、夜は奉公《ほうこう》先の宴会で忙しい人々が交代で夏至祭の休みをもらっていたので、ルーベンスとフィンは早めの営業を開始した。

二十一　ミランダ姫の妄想《もうそう》

ルーベンスとフィンの演奏で、酒場は人が溢《あふ》れんばかりに盛況《せいきょう》だ。

「来年も来てくれよ」

上機嫌な主人にビールを奢ってもらい、ルーベンスは暫《しば》し喉を休ませる。

「あんたの弟子も、なかなか上手いじゃないか」

フィンは陽気な音楽を演奏し、それにあわせて客達は踊《おど》ったり、歌ったりしていた。

単純な夏至祭の曲ならフィンだけでも大丈夫そうだと、今日は酔っ払わないようにチビチビとビールをすする。

「なぁ、当分はうちで営業しないか？　あんた達の腕なら、夏至祭でなくても人が呼べるよ」

王宮にも歩いて行きやすいこの宿屋は好条件だが……小僧に付いていた探索の蜘蛛が気にかかる。しかし、常宿の周りは荒んでいたので、そちらに移ったら落ちつきの無いフィンが厄介事を引き起こすのではと心配もしていた。

「ちょっと考えてみるよ、前からの常宿もあるしなぁ」

宿屋の主人は、これだけの腕なら常宿があるのも無理はないと思ったが、できたら滞在してくれと頼んだ。

しかし、厄介事は既に進行中だった。

「サリン王国の夏至祭は、退屈だわ」

お付きの貴族は、ミランダ姫がサリン王国などという北国に嫁ぐので不機嫌なのだろうと考え、夜の晩餐会《ばんさんかい》には音楽も演奏されて賑やかですよとご機嫌をとる。

「音楽は大好きよ！　でも、サリン王国の楽師《がくし》なんて、退屈な曲しか演奏しなそうね～。

早く、カザフ王国に帰りたいわ」

お付きの貴族とカザフ王国の大使は、このまま婚礼《こんれい》まで滞在するとミランダ姫に説明していないのかと、お互いに目線で問いかける。

「父上の王宮には、旅の吟遊詩人が大勢訪ねて来ては、面白い話と最新の音楽を提供してくれたけど、こんな北方では無理よねぇ」

ぼんやりしている侍女の脇腹を、扇《おうぎ》でちょこんと突《つつ》く。

「そういえば、ベリエールにも旅の吟遊詩人が来ていましたわ」

脇腹を突かれた侍女が、事前の打合せ通りの言葉を口にした。

「まぁ！　それは面白そうね！　チャールズ王子は武芸ばかりで、お話も全く弾まないし、吟遊詩人でも呼べばお通夜よりはマシな夏至祭になるでしょう」

言いたい放題のミランダ姫に大使は難しい顔をしたが、お付きの貴族は婚礼までは機嫌をとらなければと、侍女に吟遊詩人の泊まっている宿屋などを質問する。

「確か、グランベリーなんとかという宿屋ですわ」

大使は婚礼までの辛抱だと溜め息をついて、部下に吟遊詩人を呼びに行けと命じる。

「今夜は夏至祭ですから、吟遊詩人も忙しいでしょう」

大使は金貨の入った皮袋を投げて、これで駄目なら力ずくで連れてこいと命じた。

探索の蜘蛛は途中で落とされてしまったが、ミランダは侍女の一人に後をつけさせていたのだ。

ミランダは内緒にしているが、魔力を持っている。側室にあがった母から引き継いだ物だが、父の王宮では秘密にしていた。カザフ王国では魔法使いは、下働きには便利だとされている程度の扱いで、地位は低く、敬遠《けいえん》されるからだ。

フレデリック国王から呼び出されて、サリン王国に嫁げと命じられた時、ミランダは背筋に悪寒が走った。

「お母様が生きていらしたら、私をどこかに逃がしてくださったのに。……でも、お母様でさえも、死神の手札からは逃げられなかった」

何度、この婚礼の行く先を占っても死神のカードが出るのを見て、ミランダは母のように殺されるのは嫌だと、全力で立ち向かうことにした。

ミランダはこのままサリン王国に嫁いだら、自分の命が無くなると手札に出たのだから、誰かと駆け落ちすれば運命を変えられるのではと考えた。

サリン王国の王宮で、貴族や騎士を物色《ぶっしょく》したが、彼等は自分の領地を捨てそうにないと諦める。かといって庶民と駆け落ちするのは、ノミや虱《しらみ》を移されそうで嫌だと身震いした。

「あの吟遊詩人の弟子なら、こざっぱりしているからノミとかは持ってないでしょう。それに、国境を越えて、敵国のシラス王国に連れて行ってもらうまでの付き合いですもの」

ミランダは、あの吟遊詩人と駆け落ちするとどうなるのか、手札で占う。

「変ねぇ？　私は女王になるの？　吟遊詩人の女王かしら？」

　何度手札で占っても、女王のカードが出る。ミランダは吟遊詩人と駆け落ちするのにと不思議な気がした。女王のカードを手に持ち、チャールズ王子と結婚するのならわかるけど、切《せつ》なそうに溜め息を一つこぼす。チャールズ王子は武芸が優れている立派な王子だと、ミランダも口では悪く言いながらも認めていた。

「でも、私はきっとチャールズ王子に殺されるのだわ！　父上は私のことなど気にもかけないで、サリン王国を滅ぼすつもりですもの……。そうなったら、人質の私は殺されるわ」

　姉達は、政略《せいりゃく》結婚をさせられたために悲惨な運命を辿《たど》った。幼い頃からそれを見てきたミランダは、父上の野望のために死ぬのは真《ま》っ平御免《ぴらごめん》だった。

　まして父上は母上を殺したのだ。ミランダは態度に出したら自分も殺されるので、病死だと信じたふりをしていたが、冷たい心の父上の野望に殉《じゅん》ずる気持ちにはなれない。それと、自分がサリン王国に嫁ぐことは、一つも良い結果をもたらさないとミランダなりに考えていたのだ。

（本当にジェームズ王の頭を叩いて、目を覚まさせてやりたいわ！　バルト王国を滅ぼしたら、サリン王国なんて必要ないと父上が考えるとは思わないのかしら……チャールズ王子も……）

自分を殺すであろうチャールズ王子から逃げたいと思いながらも、ミランダは少し気の毒だと心が痛んだ。それなのに、見ず知らずの吟遊詩人の弟子にどれだけ迷惑をかけるかは、世間知らずで気儘な王女様は気にも留めない。

駆け落ちに備えて、ミランダはカザフ王国から持ってきた宝石類を侍女の服に縫《ぬ》い付け始めた。身分の低い母親は、側室になってもまともに侍女も付けてもらえなかったので、裁縫《さいほう》を自分でやっていた。娘のミランダも母に習ったように、器用に宝石類を侍女の服の裏に縫い付けていく。吟遊詩人と駆け落ちしてシラス王国に着いたら、宝石を売って暮らすつもりだ。

後はあの吟遊詩人の弟子を口説《くど》くだけだ。ミランダは鞄《かばん》の底から、母親が遺《のこ》した惚れ薬の小瓶を取り出して、ドレスの胸の間に隠した。

ミランダが駆け落ち相手としてフィンを選んだ時から、運命の歯車は狂った。

それが良い方になのか、悪い方になのかは、まだわからない。少なくとも死神のカードが出なくなったので、ミランダは駆け落ちを決行するつもりだ。

賑わっている酒場に、カザフ王国の手の者が訪れた時、ルーベンスは潜入しているのがバレたのかと一瞬身構えた。

「そこの吟遊詩人と弟子！　ミランダ姫様がそなた達を王宮の晩餐会へ連れて行ってくだ

さる。さっさと付いて来い！」

　酒場で飲んでいた客からは文句が出たが、騎士や護衛官に睨みつけられると口を閉じた。付いて来るのが当然とばかりに金の入った皮袋を投げてきた騎士の態度に、ルーベンスはカチンときたが、潜入調査中なので下手に出る。

「しかし、この宿屋と契約していますから……」

　一応は抵抗してみるが、苛立《いらだ》たしげに、その金があればひと月は真っ当な宿屋に泊まれるだろうと怒鳴り返される。どうやら潜入調査がバレた訳ではなさそうだ。これ以上抵抗すると怪しまれるだろうし、ここは付いていく方が上策《じょうさく》だ。

「仕方ないさ」

　宿屋の主人も、剣を持った騎士達に暴れられたくないから、肩を竦める。

「フィン、楽器を持って付いて来なさい」

　ある意味では、王宮に潜入できる良い機会だとルーベンスは考えて、騎士達に付いていく。

　フィンはあのミランダ姫が怪しいと感じたが、師匠の指示に従う。こうして二人は王宮の夏至祭の晩餐会へ行くことになった。

（去年のことといい、どうも夏至祭は鬼門《きもん》だなぁ）

　宿屋の前に止められた馬車に乗り込みながら、ルーベンスは心の内でぼやいた。

二十二　サリン王国、王宮の夏至祭

サリン王国の王宮では、カザフ王国のミランダ姫を迎えての、夏至祭の晩餐会の準備をしていた。チャールズ王子は婚約者のミランダ姫をエスコートすることになっていたが、憂鬱《ゆううつ》そうな溜め息をついた。

「父上も、カザフ王国のやり方くらいご存知だと思うのだが……」

チャールズ王子は、政略結婚は立場上仕方ないと思っていた。ミランダ姫が不機嫌を隠してお淑《しと》やかなふりをしているのも、自分も好きで婚約した訳では無いし、同じだと気にしていなかった。問題は政略結婚の相手がカザフ王国だということだ。

「ジェームズ国王陛下も、カザフ王国のフレデリック国王を、心より信用はされていないでしょう。しかし、バルト王国の度々の侵略《しんりゃく》に抵抗するには、カザフ王国と同盟を結ぶのが有効だと考えておられるのです」

バルト王国の騎馬隊による略奪《りゃくだつ》を思い出し、チャールズ王子は剣を握り締めて怒りを抑える。

「ところで、カザフ王国の使者が胡乱《うろん》げな連中を連れて、父上に面会していたが……」

チャールズ王子の教育係のワイヤード卿は、汚い策略《さくりゃく》を若い王子に知らせたくないと口ごもる。どうもジェームズ国王は少しカザフ王国を信用し過ぎていると、ワイヤード卿も心配していた。

「今年の予算も私には納得できないし、近頃の父上の考えは理解できない。あのカザフ王国の使者も信用できないし、嫌いだ！」

大使とは別に、カザフ王国からはジェームズ国王に使者が訪れていたが、愛想《あいそ》が良いのにどこか妙だとチャールズ王子は文句をつける。

ワイヤード卿も今年の予算の多くが、船をカザフ王国から買い取るのに費《つい》やされている裏事情を察してはいたが、その策が上手くいくのかは怪しいと思っていた。

（確かにシラス王国の海岸線は、あの悪魔の防衛魔法に護られてないが……不慣れな海戦など、上手くいくのか？　海賊風情《ふぜい》と作戦を組んで大丈夫なのか？）

その上、去年は不作だったので、兵隊達への給料も遅れがちになっている。

ワイヤード卿は、父王への不満を顔に出さないようにとチャールズ王子にお説教をしながらも、近頃の王は少し判断を間違えておられるのではと憂慮していた。

冬は雪に閉ざされるベリエールの王宮だが、夏至祭の頃は窓を開け放ち、庭の薔薇の香りを楽しむのが慣例《かんれい》だ。しかし、ジェームズ国王の謁見《えっけん》室の窓は締め切られている。

煙草《たばこ》の煙《けむり》が染みついた謁見室に、カザフ王国のゲーリックが私掠船《しりゃくせん》の船長を引き合わせるために伺候《しこう》していた。

「そのほう達がシラス王国の商船を襲う許可を、私がカザフ王国と共に出すのか……」

ジェームズ国王は、ゲーリックが連れてきた連中を胡散臭《うさんくさ》く感じて眉をひそめる。

「既に彼等はフレデリック国王の私掠船の許可を得ています。サリヴァンの交易を封じ込めるには、ジェームズ国王陛下の協力も必要なのです」

ゲーリックは躊躇《ちゅうちょ》しているジェームズ国王の心を少し後押《あとお》しする。

「それと、これはフレデリック国王から、ジェームズ国王陛下への贈《おく》り物です」

差し出された煙草を、嬉しそうにジェームズ国王は受け取る。

「おお！　これはありがたい。フレデリック国王に御礼を申し上げてくれ。私掠船の許可証は出しておこう、くれぐれも我が国の商船を襲うでないぞ」

サッサと退出せよとジェームズ国王に指示されて、丁寧に頭を下げたゲーリックはほくそ笑んだ。

（馬鹿王め！　常習性のある麻薬に夢中だな……ただ王家に生まれただけのマヌケだ）

ジェームズ王が煙草を嗜《たしな》むと知ったゲーリックは、麻薬入りの煙草を献上《けんじょう》するようになった。最初はほとんど上質の煙草と変わらなかったが、少しずつ麻薬を増やし、数年をかけて中毒にしたのだ。

煙草を一人でゆっくりと吸いたい欲求に勝てず、胡散臭いと感じていたことなど放り投げて私掠船の許可を出すジェームズ王を、ゲーリックは心の中で馬鹿にしていた。彼が尊敬するのは、カザフ王国のフレデリック国王だけだ。

（王たる者、あれくらいの高い理想を抱かなければいけない。それに私を拾い上げる賢さを持っている）

魔法使いの素質を持つゲーリックにとって、カザフ王国は暮らしやすい国ではなかった。軽蔑《けいべつ》の目で見られながら、貴族達の汚い仕事を引き受けて暮らしていたゲーリックに、フレデリック王は目を付けた。

初めは各国への密偵として使っていたが、魔法使いとしての資質だけでなく、ずる賢い気性《きしょう》も気に入られて、サリン王国への裏工作を任された。昨年ルキアの街で遺体《いたい》を取り戻された件も、防衛魔法の無い海岸からの侵略を考えれば良いと、鷹揚《おうよう》な態度で許された。

「ジェームズ国王はバルト王国にばかり目を向けているが、こちらにとって大事なのはシラス王国だ。夏場はサリン王国の港からでも、シラス王国の商船を襲えるだろう。海賊達がサリン王国の港を補給基地として使えれば、シラス王国の海軍は北部も巡回しなくてはいけなくなる。そうすればシラス王国の海軍は疲弊《ひへい》し、我が国が海の支配権を得やすくなる」

中毒になっているジェームズ国王を操《あやつ》るのは、子どもの手をねじり上げるように容易《たやす》い。

ゲーリックは用が済んだので王宮から辞そうとしていたが、チャールズ王子に前を塞がれた。

「父上と何を話していた?」

にこやかな顔で、ゲーリックは頭を下げる。

「これはチャールズ王子様、ミランダ姫とのご婚約おめでとうございます。今夜は夏至祭、お二方にとって忘れ得ぬ夜になりますなぁ」

全く自分の質問に答える気が無さそうなゲーリックに歯の浮くようなお世辞《せじ》を言われて、頭に血が上ったチャールズ王子は思わず剣に手を掛けたが、鋭い声がそれを制した。

「チャールズ王子！　さぁさ、晩餐会のために着替えなくては」

教育係のワイヤード卿に連れ去られるチャールズ王子に、恭《うやうや》しく頭を下げたゲーリックは、あと数年後には首を斬《き》ってやると舌打ちした。

「さぁ、もう王宮になんか用はない！　私掠船の許可証をもらったら、ザリ港へ向かうぞ」

その言葉ににやりと笑う男達は、ゲーリックの目から見ても胡散臭い。他の貴族の目もある王宮に長居は無用だと、ゲーリックは男達とザリ港へ向かうことにした。

ミランダ姫は侍女達に緩やかに髪を結《ゆ》い上げさせ、美しいドレスを着付けさせて、小さな布袋を持って行くようにと指示した。

「これは、余興《よきょう》用のドレスよ。まぁ、サリン王国の夏至祭では余興などしないかも……でも、用意はしておかなくては」

侍女達はミランダ姫のご機嫌をとるようにと命令されていたので、ドレスを余分に持って行くと言われても黙って従う。お付きの貴族にエスコートされて大使夫妻と馬車に乗ったミランダ姫は、無邪気《むじゃき》そうに吟遊詩人は呼んだの？　と質問した。

「ええ、姫様のお耳汚《よご》しにならなければよろしいのですが……」

旅の吟遊詩人など呼ばなくてもと、大使はミランダ姫の気紛《きまぐ》れに閉口《へいこう》したが、チャールズ王子と結婚して子どもを産んでもらうまでは、と我慢する。

「まぁ、これで夏至祭も少しは楽しくなるでしょう。ジェームズ国王陛下は少しぼんやりされているし、チャールズ王子は……」

ふぅと溜め息をつくミランダ姫を、大使夫人は素敵な王子様ですわと褒めて宥める。

大使はミランダ姫が、ジェームズ国王の中毒に気づいたのかとヒヤリとしたが、武術にしか興味が無さそうなチャールズ王子は退屈だと大使夫人に文句を言っているのを見て、考え過ぎだと安堵した。

（やれやれ、素人の私にもジェームズ国王が麻薬中毒だとわかるような下手な策略ね。こんなのだから、私も殺されてしまうのよ！　とっとと逃げなきゃ……チャールズ王子は父王の変化に気づかないのかしら?)

ミランダ姫は、チャールズ王子の子どもを産むまではカザフ王国は自分を護るだろうと感じていたが、どうにもお粗末な策略を目にして、とても自国の大使達を信じて安穏《あんのん》としてはいられないと溜め息をつく。

(惚れ薬を飲ませて、私を連れて国境を越えさせるまでは、あの吟遊詩人の弟子を上手いこと操らなきゃ)

首都のベリエールから、シラス王国の国境までの距離もろくに知らないミランダ姫は、旅の吟遊詩人に道を案内させようと考えていた。

「フィン、わかっているだろうが、王宮では魔法は禁止だぞ」

そこで待っていろと、馬車の中に閉じ込められたルーベンスは、小声で注意する。

「わかっていますが……何で俺達を呼んだのかな?」

王宮からは、楽師達の演奏が聞こえていた。

「さあなぁ、お前はミランダ姫に何かしたのか?」

フィンは何も思い当たらないと、首を横に振った。

「ともかく、王宮に潜入できるのはありがたい。私は隙を見て調査するつもりだが、お前は大人しくしているのだぞ」

その後、カザフ王国のお付きの人達が控えている部屋に連れてこられた。そこには馬車の御者やミランダ姫の侍女達が椅子に座って、宴会が終わるのを待っていた。

侍女達の中にフィンは見覚えのある顔を見つけた。教会の前でオレンジを配っていた侍女だ。侍女もフィンに気づいたが、スッと目線をそらした。

(怪しい！ もしかして、この人が魔法使いなのか？)

この侍女が追跡《ついせき》の魔法を使ったのか？ とフィンは見つめるが、魔法の形跡《けいせき》は感じられない。

「こら！ 大人しくしときなさい。いくらお美しいとはいえ、侍女ばかり見るものじゃないぞ」

ルーベンスは、フィンが侍女を疑って魔力を探ろうとしているのに気づいて、それも魔力を使うことになるのだと叱りつける。

宴会が始まると、控え室にも食べ物が提供された。御者や侍女達は、宴会が終わるまで帰れないので、食べ物でも食べないと待っていられないと手を伸ばす。

「あんた達も食べたらどうだい？」

食べ物の量はたっぷりあったので、部屋の隅にいる二人にも御者は声をかけた。

「私らは演奏が終われば、宿屋に帰りますから……」

王宮付きの楽師達が演奏しているので、どうせ一曲か二曲だろうと控え室の全員も頷いて、それ以上は勧めないで無視して食べる。食べ盛りのフィンは少し恨めしそうに師匠の横顔を見つめたが、潜入中なんだと気を引き締め直した。

宴会場では妙に機嫌の良いジェームズ国王が、カザフ王国の一行に愛想を言ったりしていたが、肝心のチャールズ王子とミランダ姫は仲が良さそうには見えなかった。お互いに本音を隠して礼儀正しくはしていたが、退屈な宴会が早く終われば良いと思っているのは傍目《はため》にも明らかだ。

ミランダ姫のお付きの貴族は、もう少し和《なご》やかそうにできないのかと溜め息をついた。

「チャールズ王子様、街で旅の吟遊詩人を見かけましたの。少しカザフ王国が懐かしくなりましたから、呼んで演奏させたいのですが……」

タイミングを見計《みはか》らって、ミランダが話を切り出した。

チャールズ王子は、カザフ王国の吟遊詩人が来ているのか？　と少し怪訝《けげん》に思ったが、父王以外は退屈しきっているので、良いですねと同意する。

ミランダ姫のお呼びだと、王宮の召使いに宴会場へ連れて行かれたルーベンスとフィンは、恭《うやうや》しくお辞儀をした。

「これは、これは、ミランダ姫は面白い余興を用意してくれたのだな」

上機嫌なジェームズ国王だが、カザフ王国の一行は腕は確かなのだろうなと、不安に思う。ミランダ姫の思いつきには頭が痛い。

「お前達は、カザフ王国の夏至祭の曲を演奏できるか？」

お付きの貴族に命じられて、ルーベンスは陽気な曲を見事に奏でる。フィンは伴奏を務《つと》めながら、宴会に出席している人々をチェックする。

（あの魔法使いや、浅黒い肌の連中はいないなぁ）

ルーベンスは、「良い腕前だ」と褒めて曲をリクエストするジェームズ国王の様子がおかしいと気づいた。数曲演奏するだけだと思ったが、変に上機嫌な国王に何曲もリクエストされた。

「この王宮に留まらないか？」

吟遊詩人に酒まで勧める国王に、他の出席者達も怪訝な顔をし始める。

「もう、そろそろ下がりなさい」

お付きの貴族は金貨を一枚投げてよこして、下がれと命じた。

フィンは控え室に帰って、師匠と自分の楽器を袋に入れていたが、ルーベンスは途中でトイレに行くと言って消えてしまった。

「あれ？　爺さんは？」

御者に尋ねられたフィンは、師匠はトイレに行ったと肩を竦める。ぽつんと一人でいるのも変だろうと、フィンは仲間に入って、パンやチキンの丸焼きの残りを食べた。

フィンの後をつけた侍女も、演奏が気に入られて金貨をもらったとフィンが自慢したので、自分のおかげだと気が楽になった。

ルーベンスが偵察し、フィンが気楽にパンに鶏肉を挟んでパクついた頃、ミランダは吟遊詩人達が帰ったらまずいと焦っていた。

二十三　ええっ！　駆け落ち？

（このまま大使館に帰ったら、護衛達がいるから外に出られないわ！）

王宮の方が広いし、沢山の人が出入りしているので、駆け落ちしても気づかれにくいとミランダは考えていた。

「チャールズ王子様、少し目眩《めまい》がしますの……」

華奢《きゃしゃ》なミランダ姫が長い宴会に疲れたのだろうと、チャールズ王子は大使夫人に控え室で休ませるようにと声をかけた。

控え室に着いたミランダは、ケロッとして大使夫人を驚かせる。

「あんな退屈な宴会、うんざりだわ！　侍女のマリーに余興用の服を持って来させてちょうだい。あっ、それと少し後から吟遊詩人の弟子を控え室まで来させてね」

何か余興を考えているのか？　と大使夫人は不審に思ったが、言い付けに従ってマリーを呼びに宴会場に戻った。マリーを選んだのは、髪と目の色が同じで、身体つきも似ているからだ。

「お姫様、お呼びでしょうか？」

控え室に来たマリーに、余興用と用意させていた侍女の服に着替えさせてもらう。そして、脱いだ姫君用のドレスを着るようにと命じた。

「えっ？　お姫様、何故このような？」

戸惑《とまど》うマリーを、ミランダは怒鳴りつける。

「間抜《まぬ》けねぇ！　私が侍女の役をするのだから、誰かが姫の役をしなきゃ余興にならないでしょ！」

訳がわからなかったが、マリーはお姫様の命令に従ってドレスに着替える。

「そんな引き詰めた髪型では駄目よ！　もっと、ゆったりとした髪型にしなさい」

侍女の格好のミランダ姫に叱られて、マリーは髪の毛を結い直す。その間にミランダも、髪を侍女のように引き詰めた愛想のない髪型に変える。

これで良いでしょうか？　と見つめるマリーに、その不安そうな目以外は合格だと頷いた。

控え室の水挿《みずさ》しからコップに水を注ぎ、眠り薬を溶かしてマリーに飲ませる。長椅子でうとうとしだしたマリーの目の前に、ミランダはペンダントを差し出し、見つめるように と命じた。

「お前はだんだん眠くなる……目覚《めざ》めたら、お前はミランダ姫……カザフ王国のミランダ姫として目覚めるのよ。ミランダ姫は気分が悪いの……人とは会いたくないと、部屋に籠もるのよ……特に医者なんかは部屋に入れてはいけないわ……魔法が解けてお前は侍女に戻ってしまう。わかったわね」

目の前で揺れるペンダントを見つめていたマリーに催眠術《さいみんじゅつ》をかけ終わると、眠った顔にベールをかけた。

「これなら私で通るでしょう。後は、あの吟遊詩人の弟子に言うことを聞かせるだけだわ」

ミランダ姫はコップに新しい水を入れて、胸から惚れ薬の小瓶を出して数滴落とす。

その時コンコンと、丁度《ちょうど》良いタイミングでドアがノックされる。しめしめと、ミランダ姫はドアを開けてフィンを中に入れた。

「何かご用だと聞きましたが？」

長椅子に横たわる姫君にフィンは声を掛けたが、どうも寝ているようにしか見えない。

困惑して侍女に目を向けて、その正体に気がついた。

「えっ？　あなたがミランダ姫？　じゃあ、あそこで寝ているのは誰なんですか？」

目ざとい吟遊詩人の弟子に、ミランダはまずは名前を尋ねる。

「そんなことはお前には関係ない。それより、お前の名前はなんと言うのだ？」

この状況が怪しすぎて、フィンは答える気にならない。それに何か魔法の形跡を感じた。

「何を考えておられるのかは知りませんが、巻き込まれるのは御免です」

とっとと逃げ出そうとするフィンの先回りをして、ミランダ姫はドアの前に立って通せんぼうをする。

「私は、お前に一目惚《ひとめぼ》れしたのです。このままではチャールズ王子と、無理やり結婚させられてしまいます。お前と駆け落ちしたいのだけど、名前も知らないのでは困るでしょう」

世間知らずのミランダ姫は、王女の自分が惚れたと言えば、相手は喜ぶと思い込んでいた。後は惚れ薬を飲ませて、自分の思う通りに動かせば良いと考えていたのだ。

「ええっ！　何で駆け落ち？　俺は御免だよ～」

まさか吟遊詩人の弟子風情に断られるとは、ミランダ姫は考えてもいなかった。

「私はお姫様なのよ、お前が断るだなんてあり得ないわ！」

「そんなの知らないよ～！　それに駆け落ちだなんて、上手く行くわけがないじゃん！　宿屋に俺達を迎えに来た騎士や護衛達に捕まるのが関《せき》の山さ。あんたはお姫様だから、殺されないかもしれないけど、俺はきっと殺されちゃうよ～」

「この臆病者《おくびょう》！　私はチャールズ王子と結婚したら、殺されるのよ！　お願い、助けてよ」

ミランダ姫の言葉に、フィンは驚いた。見ず知らずの姫君と駆け落ちするのは御免だが、殺されると叫んだ言葉は真実に聞こえたからだ。

「同盟国のカザフ王国の姫君を、殺したりしないよ」

フィンが少し話を聞こうとしているのに気づいたミランダは、座って事情を話しましょうと、促《うなが》した。

「お前達にはわからないだろうけど、私は人質なのよ。カザフ王国がサリン王国に戦争を仕掛けたりしたら、同盟を破《やぶ》った報《むく》いとして私は殺されるわ。姉上達も何人かは殺されたのよ。そんなの御免だわ！　私は母上や姉上のように、殺されるのは嫌なのよ」

ミランダ姫の言葉に嘘は無いとフィンは感じたので、困ってしまう。

「でも、カザフ王国は、君を護ってくれるはずだよ」

「私の産んだ子どもは真剣に護るかもしれないけど、それもあの馬鹿な大使達では信用できないわ。それに……サリン王国を滅ぼす時は、もう世間を気にする必要も無くなっているから、私や子どもを保護する必要も無いかも……」

カザフ王国は姫君を嫁がせた国を取り込む際に、姫君が産んだ王子を立て、統治の正当性を主張する。その建前《たてまえ》があるため、他国はなかなか口を挟めない。そうやって着々と国土を広げてきた。

しかし、サリン王国を取り込む時は、カザフ王国のやり方にケチをつける国はシラス王国しか無い。それならば外聞《がいぶん》も気にせず、姫や王子が殺されようとお構いなしに攻め滅ぼすかもしれない。確かに姫の言うことはあり得るだろうと、フィンは身震いする。

「でも……」と戸惑うフィンに、ミランダ姫はお水でも飲んで落ち着いてと、コップを差し出す。

フィンは受け取って飲もうとしたが、中身を見て驚いて床に叩きつけた。

「何を飲まそうとした！　薄気味悪い紫色の水なんか飲めるか！」

フィンには惚れ薬が紫色の筋に見えて、こんな気持ちの悪い物を飲ませようとしたミランダに、冗談じゃないと怒って出て行こうとした。

「まさか、お前は魔法使いなの？　あれは無害な惚れ薬よ……だって、見ず知らずの姫を連れて逃げてくれと言っても、助けてくれないと思ったの」

すがりついてくるミランダ姫が本当に命の危険を感じているのに気づいて、フィンは立ち去るのをやめた。

「ミランダ姫も、魔法が使えるのですね」

ミランダはほんの少しよと告白して、この吟遊詩人の弟子が魔法使いだということは……とほくそ笑む。

「カザフ王国では魔法を使う人間は軽蔑されるから、秘密にしていたの。母上も魔法が少し使えたの……でもそれがバレて父上に殺されてしまったのよ。私は父上に殺されるのが怖くて魔法は使えないふりをしていたし、母上が病死だと告げられても、信じたふりをして過ごしてきたの。貴方はシラス王国の魔法使いなのでしょ、同胞《どうほう》を見捨てないわよね」

フィンは敵国の姫君に同胞と言われても困ると思ったが、何か手助けはしたかった。

「シラス王国に連れて行ってくれたら、後はどうにか暮らしていくわ！」

フィンが少し同情しかけたのを目ざとく察して、ミランダ姫は懇願《こんがん》する。

「ベリエールからシラス王国の国境まで一週間もかかるよ！　追《お》っ手《て》も掛かるし、無理だよ」

一週間！　ミランダ姫は数日くらいだと、勝手に考えていた。

「侍女に暗示《あんじ》を掛けたから、数日は部屋に籠もらせて誤魔化せるわ！　出発してから数日気づかれなければ国境まで追いつかれないかもよ」

フィンは、妙に細かいところは考えているのに、大筋《おおすじ》が行き当たりばったりなミランダ姫の計画に呆れる。

「とにかく、王宮からの方が出やすいのよ！」

フィンの返事も待たず、宿屋へ案内しろと命令するミランダ姫に困り果ててしまう。

「待ってよ～！　師匠を置いて行けないよ」

師匠は勝手にするでしょうと、ミランダ姫は急いで控え室から出ていく。フィンはミランダ姫の後ろから付いて行くしかないと、大きな溜め息をついた。

（こうなったら、師匠に判断してもらおう）

侍女のふりをして勝手に王宮の外に出ていくミランダ姫を追いかけて、フィンは仕方なく宿屋に案内することにした。夏至祭のベリエールの街には、酔っ払った男達が大勢うろついていたので、世間知らずなミランダ姫を放置できなかったのだ。

「それで、貴方の名前は？」

こうなったら仕方ないと覚悟を決め、フィンだと教える。

「フィン？　変な名前ね～。私はビィビィアン・ローズと名乗ることにするわ！　素敵な名前でしょう」

フィンはビィビィアン・ローズだなんて、場末《ばすえ》の踊り子みたいだと口に出した。

「本当に、気が利《き》かないわね！」

扇でパシリッと頭を叩かれて、侍女らしくないよと抗議する。

「侍女なら、ローズだけの方が目立たないよ」

ミランダは少し考えて、確かに侍女ならローズの方が相応しいと頷く。

この頓珍漢《とんちんかん》な二人に、ルーベンスは頭を抱えることになる。

二十四　何てことを！

フィンがミランダ姫を宿屋の部屋に連れて行った頃、ルーベンスは王宮の調査を終えて控え室に戻っていた。

「おや？　私の弟子はどこですかな？」

大人しく待っていろと言ったのにと、ルーベンスはカザフ王国の召使い達に尋ねた。

「ああ、あんたの弟子ならミランダ姫様に呼ばれて行ったよ。何でも余興をするとか言っていたな」

侍女達はマリーが帰って来ないわねとひそひそ話していたが、ミランダ姫の気紛れには慣れていたので、何か用事を言いつけられたのだろうと、それ以上気にしなかった。

ルーベンスはジェームズ王の煙草に混ぜられている麻薬などを調査し終わったので、楽器を肩に掛けると部屋を後にした。フィンの形跡を探索して、王宮には居ないのを確認する。

（何故、王宮を勝手に出て行ったのだ？　それにミランダ姫との余興とは……）

ルーベンスは嫌な予感がして、宿屋に急いだ。

「早く国境を越えなきゃいけないのよ」

ミランダはフィンを急かすが、師匠が帰ってくるまで待つと決めているので、頑《がん》として動かない。

「そろそろ師匠も、俺が居ないと気づいているさ」

荷物を纏めながらフィンが返事をするのを、ミランダは足を踏み鳴らして急かす。

「ミランダ姫、いやローズ、そんな風に癇癪《かんしゃく》を起こしても無意味だ。俺は師匠が戻るまでは、絶対に動くつもりはない」

王宮ではミランダ姫の勢いに押されてしまったが、どう考えても上手くいくとは思えない。フィンは師匠に説得してもらうつもりだった。

「もしかして、貴方の師匠も魔法使いなの？」

惚れ薬を見抜いたフィンの師匠も魔法使いなら、便利な技を知っているかもとミランダは期待する。

「何を考えているの？」

ミランダのほくそ笑む様子にうんざりするフィンだが、少しカザフ王国のことやサリン王国のことを聞いておこうと思った。

「ねぇ、ローズは、チャールズ王子はどんな人だと思ったの？　サリン王国だって、カザフ王国のやり口は知っていると思うけど……」

ミランダは、チャールズ王子かぁと切なそうに溜め息をつく。

「チャールズ王子は父王と違って、この婚姻に乗り気ではないみたいよ。そりゃあ、目と頭があれば父上のやり口には気づくはずですもの」

だよねぇ〜と、二人で肩を竦める。

「でも、ジェームズ王は何故受け入れたんだろう？　何か知っている？」

ミランダは、麻薬漬けにされているとは、流石に敵国であるシラス王国の魔法使いには教えられなかった。

（父上の野望のために死ぬ気は無いけど……カザフ王国が不利になることを口にするのも……）

これから亡命《ぼうめい》するシラス王国は自国の敵国なのだと、改めてミランダは感じた。

（チャールズ王子になら、言ったのかしら？　夫になるあの方にも、自国の不利になることは秘密にしたかしら？）

ミランダが椅子に座って考え込んでいるのを、フィンは見つめるだけで声は掛けなかった。自分が殺されると思って短慮《たんりょ》に逃げ出すことを選んだ彼女が、敵国で暮らすことの意味を考え始めたのだと気づいたからだ。

「フィン！　何故……」

ルーベンスは部屋に入るなり、侍女の格好をしたミランダ姫に気づいた。

「何ということを！　お前はミランダ姫を拐《かどわ》かしたのか？」

ルーベンスに叱られて、フィンは事情を説明しようとしたが、ミランダの方が先に口を開いた。

「貴方は、フィンの魔法の師匠なの？　なら、私をシラス王国に連れて行ってください」

ルーベンスは肩を竦めるフィンを睨みつけたが、一応ミランダ姫の言い分を聞くことにする。

「私はこのままチャールズ王子と結婚したら、殺されてしまうの。姉達も、何人かは殺されたわ。だから、逃げ出すことにしたのよ」

ルーベンスは確かにカザフ王国がサリン王国を傘下《さんか》にしようとすれば、人質のミランダ姫を殺そうとする者も出てくるかもしれないとは考えた。

「それは大変な立場だと同情は致しますが、シラス王国に来られても辛いだけではないですか？」

白髪の老人の青い瞳には同情は浮かんでいたが、敵国の姫を助けてくれそうな柔らかさはなかった。

「私には魔法使いの素質があります。シラス王国では、魔法使いは大事にされると聞きました」

少しでも役に立つとアピールすると同時に、同胞だと訴えてみる。

「カザフ王国にも魔法使いはいるでしょう。サリン王国にも裏工作をしに潜入しているはずです。貴女《あなた》様に魔法使いの能力があるなら、カザフ王国や、自分の身を守るためにお使いなさい」

フィンは、師匠がミランダ姫をシラス王国に連れて行くつもりが無いのだと悟った。もちろん、それが正しいのだとは思ったが、フィンはミランダ姫が亡くなったとの報告を聞くのは嫌だと顔を伏せた。

「では、死神の手札しか出ないのに、チャールズ王子と結婚しろと言うの？　この駆け落ちをすれば、私は助かると手札に出たのよ。お願い、見捨てないで！」

ルーベンスは手札で未来が占えるとは思っていなかった。

「運命など神でもなければ、わからないのですよ。手札を切った貴女様の不安が現れたのでしょう」

フィンは、でも！　と抗議の声を上げる。

「俺もミランダ姫を連れて逃げるのは、無理だと思う。それに、彼女はやはりカザフ王国の姫なんだ。シラス王国では安穏とは暮らせないのもわかる。でも、このまま彼女を放置するのは間違いだ。カザフ王国とサリン王国が同盟を結び、バルト王国を滅ぼすのも阻止したいし……何とかしなきゃ！」

ルーベンスは確かにそのための潜入調査なのだと考え直す。

師匠と呼ばれる魔法使いの判断に、自分の未来がかかっているのだとミランダ姫は真剣な表情になった。

しばらく考え込んだルーベンスは、カザフ王国とサリン王国の同盟に楔《くさび》を打ちこんでおくことに決めた。

「ミランダ姫、カザフ王国はジェームズ王に麻薬入りの煙草を献上していますね」

ズバリと策略を見抜かれて、ミランダは自分でもわかるのだからと、溜め息をついて認めた。

「酷い！」と騒ぐフィンを睨んで黙らせると、ルーベンスはミランダに色々と質問をした。

自分が尋ねた時は口を閉じていたのにと、フィンは呆れたが、少しずつ師匠の考えが理解できてホッとする。

師匠はミランダ姫に、婚約者のチャールズ王子への手紙を書かせた。フィンは今年の夏至祭も波乱だと溜め息をつきながら、手紙を王宮に届けに行く。

二十五　やってられない！

夜が深まるにつれて夏至祭の騒ぎが収まってきたベリエールの街を、フィンは急いでいた。ミランダ姫は侍女のマリーを身代わりにしたから大丈夫だとは言っていたが、とても大使やお付きの貴族が騙《だま》されるとは考えられなかったので、できるだけ早く解決したかったのだ。

王宮の門番にどうやって手紙を届けてもらうかフィンは悩んだが、勝手にカザフ王国の大使館の召使いだと勘違いしてくれた。

「返事がもらえるのを待てと、ミランダ姫に言われています」

門番は若い婚約者同士のメッセンジャーに肩を竦めると、フィンが待っているのを黙認《もくにん》して、警備を続けた。

一方のチャールズ王子は長々しい宴会から解放されて、自室で休んでいた。ミランダ姫が宴会の途中から退席したのは、自分と同じく宴会に飽《あ》き飽きしたのだろうとしか考えていなかった。

侍従《じじゅう》からミランダ姫の手紙を渡されて、チャールズ王子は少し驚いた。

「うん？　ミランダ姫の手紙にしては何だか質素な紙だなぁ？」

王族の姫君が婚約者の王子にラブレターを書くのなら、もう少しロマンチックな紙か、少なくとも上等な紙に書くだろうと首を捻りながら、ペーパーナイフで封を開ける。

「何だって！　ミランダ姫は……」

その手紙には、何かの陰謀でジェームズ王は麻薬入りの煙草の中毒になっておられるのでは？　と書いてあった。チャールズも父王の様子がおかしいと感じていたので、ミランダ姫の言葉で合点《がてん》がいく。

『この件で内密にお話ししたいのです。使いの者に付いて来てください。私達の将来に関わる重要な話ですから、絶対に秘密にしてください』

チャールズ王子は一瞬、ミランダ姫を名乗る策謀《さくぼう》で、自分を誘《おび》き出して害するつもりではないかと疑ったが、それならこんな質素な紙を使わずに、上質な紙でもっともらしく偽装するだろうと考え直した。それに、武芸には自信がある。二人や三人なら斬って捨てるだけだし、大勢なら気配で察せられるだろうと、剣を腰に佩《は》いて出発する。

門の影にいるフィンを見つけて、ミランダ姫が余興に呼んだ吟遊詩人の弟子だと気づいた。

「お前が使いの者か」

やれやれ、やっと出てきてくれたとフィンは安堵《あんど》する。ミランダ姫を引き取ってもらわないと、無事に国境を越えられそうにないからだ。

「ミランダ姫様が待っておられるところまで、案内します」

フィンとしては、サッサとミランダ姫のところに婚約者を案内して、とっとと逃げ出したかった。チャールズ王子は案内されるままに付いて行ったが、宿屋を見て驚いた。

（大使館では無いだろうと思っていたが……まさか、ここはカザフ王国の陰謀の巣なのか？）

少し警戒していたが、入ってみるとごく普通の宿屋にしか見えない。酒場ではまだ、酒を飲んで騒いでいる客もいた。

「ちょっと目立ちますね、顔を俯けて付いて来てください」

チャールズ王子の頭を少し下げさせて、二階の部屋へと案内する。

（何だ？　この弟子は……何か変だ）

王子に対する庶民の態度ではないと、チャールズ王子は不審に感じる。確かに少し前のフィンなら、王子様にこんな態度は取らなかっただろうが、アンドリューにストーカーされて王子慣れしていたし、ミランダ姫には本当にウンザリさせられていたのだ。

部屋に入って、侍女の格好をしたミランダ姫に、チャールズは流石に気づいた。これで気づかなかったら破談《はだん》かもと思っていたフィンとルーベンスはホッとする。

「ミランダ姫、何故このようなところに……」

ミランダはチャールズを自分の味方につけるために、あまりにも愚かしい策略を打ち明けることにした。

「このようなお呼びたてをしまして、申し訳ありません。大使館では話せないことですの」

しかし、チャールズ王子は手紙に書かれていた麻薬入りの煙草の件を、吟遊詩人の前で話すのを躊躇する。

「この吟遊詩人達は、信用できましてよ」

その言葉に、彼らはカザフ王国の密偵なのだと、チャールズ王子は誤解した。

「何故ミランダ姫は、この件を教えてくださったのでしょうか？」

どう考えても、父王に麻薬入りの煙草を渡したのはゲーリックだ。自国の策略を暴く意図が理解できない。

「私はカザフ王国の姫ですが、貴方の妻になるのです。カザフ王国の不利になることはできませんが、サリン王国と貴方が滅ぼされるのも望んでいません。ジェームズ王への策謀は、一線を越えていると思いますし、そのうちサリン王国の重臣《じゅうしん》の方々も気づくでしょう」

確かに今のままではやがて周囲に気づかれ、それと同時に王や王政への信頼は瓦解《がかい》してしまうだろうと青い顔で頷いた。

「これから王宮に帰って、父上の煙草を処分します！」

ミランダはすぐに取って返そうとするチャールズ王子を止める。

「そんなことをしたら、ジェームズ王の中毒が公《おおやけ》になります。それに、かなり中毒が進んでいますから、少しずつ薬を抜いていかないといけません。一気に止めると、禁断症状で暴れたり、錯乱《さくらん》して貴方を反乱の罪に問いかねませんわ」

チャールズ王子としては、一日も早く父王に元に戻ってもらいたかった。

「しかし、それでは……それにゲーリックをあのままには！」

「焦る気持ちは理解できますが、少しずつ抜いていった方が良いのです。今ある煙草に無害な煙草を混ぜて、麻薬の量を減らしましょう。まずは良質な煙草を手に入れないと」

チャールズ王子の説得をミランダ姫に任せていると、二人は何となく良いムードになっていった。

「チャールズ王子は私のことを嫌っていらっしゃると感じておりましたの……」

ミランダ姫が拗ねて俯くと、チャールズ王子は跪いて誤解だと言い訳を始める。

「今回の件をこんな宿屋に来てまで知らせてくださったミランダ姫の勇気には、感謝のしようもありません。それに私が貴女様を嫌っているだなんて、そんなことはありませんよ。むしろ、綺麗な姫君に北国の王子だと馬鹿にされているのではと……」

いちゃいちゃし始めた二人に、フィンとルーベンスはやってられない！　と肩を竦める。

「そろそろ、ミランダ姫を大使館にお連れしては如何《いかが》でしょう？　心配しているかもしれませんよ」

侍女が姫君の真似をしてもいずれはバレるでしょうと、ラブモードに水をさすルーベンスに、ミランダ姫はハッと我に返る。チャールズ王子を、少し待っていてくださいと扉の外に出すと、手札で占いだした。

「ああ！　やっぱり女王のカードよ！　幸せな結婚だわ！」

フィンとルーベンスは占いなど信じないが、ミランダ姫がフレデリック王の陰謀から逃げ延びてチャールズ王子と幸せに暮らしてくれたら良いとは思った。

「フィン、貴方のおかげね」

ミランダ姫にお礼を言われたが、それより魔法使いだということを秘密にして欲しい。

「わかっているわ、シラス王国の密偵さん！　私が駆け落ちしようとしたのも秘密よ！　チャールズ王子にそんなことがバレたら大変だもの」

すっかりラブモードのミランダ姫にフィンは呆れたが、上手く立ち振る舞って幸せになって欲しいと願った。ルーベンスはフィンが女の子に甘いと気づいて、そんなことでは寝込みを襲われるぞと心配する。


チャールズ王子に送ってもらったミランダ姫がカザフ王国の大使館に着くまでに、少しでも厄介事と距離を置こうとルーベンス達は旅立った。予定よりもかなり早く帰国することになったが、チャールズ王子から白髪混じりの金髪の男の名前を聞き出した。

（ゲーリック！　俺のお父さんの遺体を利用しようとしていた男！　そして、ジェームズ王を麻薬漬けにして、何やら得体の知れない連中と陰謀を巡らしている奴！）

フィンはロバで師匠の馬を追いかけながら、怒りで心を満たしていた。

一方カザフ王国の大使館では、行方《ゆくえ》不明の侍女とベールを被ったまま部屋に閉じこもった姫君という事態に、人々が騒ぎだしていた。

「失礼します……なっ、お前は侍女のマリー」

ベールを取り上げられ、自分の名前を呼ばれて、マリーの催眠状態は解けた。

「ええっ！　私は……」

姫君はどこだ！　と大使や貴族に責められて、マリーは狼狽えて泣きだす。同盟を結ぶための姫に逃げられたら大事《おおごと》だ。大使がマリーを拷問《ごうもん》にかけても行方を吐かそうと決めた時、新たな知らせが届いた。

「大使、チャールズ王子がミランダ姫を送って来られました」

侍女への詮議《せんぎ》は後にして、大使達はにこやかにチャールズ王子を出迎える。

「申し訳ありません。ミランダ姫に王宮の庭を案内していたのです。こんなに遅くなるとは、考えていませんでした」

話が弾んでしまったと婚約者のチャールズ王子に謝《あやま》られたら、少し不注意ですなと小言を言って許すしかない。チャールズ王子が引き揚げた後は、ミランダ姫の独擅場《どくせんじょう》だ。

「まぁ、マリーったら、私の代役もロクにこなせないのね。チャールズ王子とほんの少しのデートする間も誤魔化せないなんて、間抜けだわ」

ぽんぽん文句を言われたが、マリーは下がって良いと許可をもらえた。大使夫人はドレスを着替えてちゃんとして返しなさい、と小言を言っただけだ。

「あの吟遊詩人には、十分な褒美《ほうび》をやりましたか？」

どこまでも反省の態度が無いミランダ姫に、全員がウンザリする。

「姫君。結婚式までは、不注意な行動は控えてくださいさい。貞淑《ていしゅく》さを疑われますよ」

「だって、チャールズ王子のお誘いを断れなかったの……王宮の庭で月夜に照らされた噴《ふん》水《すい》は綺麗だったわぁ」

ここは居ないチャールズ王子を悪者にする。恋に浮かれた姫君の真似は、堂《どう》に入《い》っていた。

「明日は、遠乗りに連れて行ってくださるの。大使夫人や侍女は、馬に乗れるかしら？あっ、乗馬服は持って来ていたかしら？」

大使達は警備も付けなければと騒ぎ出すし、大使夫人は苦手な乗馬で遠乗りだなんてと、大使に苦情を言い立てる。

ミランダ姫は疲れたわ！と、侍女達に着替えの手伝いを命じてベッドに入った。

チャールズ王子は王宮に帰ると、かなり端折《はしょ》った説明を教育係のワイヤード卿に告げた。

「ゲーリックめ！　今度、顔を見せたら斬り刻んでやる！」

怒り狂う教育係を制して、麻薬中毒からの立ち直り計画を説明する。

「でも途中で、麻薬の入った煙草を殿下が与えているとの誤解を受けたら……」

ワイヤード卿は気をつけないと、チャールズ王子の謀叛《むほん》とされかねないと心配する。

「信頼できる重臣と相談しながら進めるしかない。第一、侍医《じい》は何故父上の変化に気がつかなかったのだ！」

中毒からの解毒を任せられる、信用できる医者を探さなくてはと、二人で眉をひそめる。

「それはそうと、どこからこの情報を？」

グッとチャールズ王子が詰まりながらも説明する。教育係が、吟遊詩人だなんて密偵ではありませんか！　と宿屋に急いだが、すでにもぬけの殻だった。

「まぁ、カザフ王国の密偵でも、ゲーリックよりはマシだよ」

チャールズ王子の呑気な発言を教育係は叱り飛ばす。

「カザフ王国の密偵が、ミランダ姫が自国の計略をバラすのを見逃すでしょうか？　どこか他の国の密偵なのでは？」

チャールズ王子は、弟子の態度が妙に王族慣れしていたと告げた。

「それでは、シラス王国ではないでしょうか？　シラス王国の王族は魔法使いが多く、あの悪魔《アシュレイ》が作った魔法学校で学ぶと聞いています。あの弟子の年頃なら、アンドリュー王子と同級生なのでは？」

チャールズ王子は教育係や武術指南に鍛えられるより、学校で気楽な友達付き合いをしているアンドリュー王子が少し羨ましく感じた。

「シラス王国の密偵だろうと、カザフ王国のであろうと、追っ手を掛けなくては！」

そこはワイヤード卿に任せたが、魔法使いなら捕まらないだろうとチャールズ王子は考えた。

「それにしても魔法使いにしては、ごく普通の男の子に見えたなぁ」

呑気な言葉を咎《とが》められる前に、チャールズ王子はさっさと自室に引き揚げた。

二十六　ザリ港で……

夜の間にベリエールから少しでも離れようと急いだルーベンスとフィンだが、追っ手が掛かれば追いつかれてしまうのは目に見えていた。

「船に乗ろう」

行きと方向を変えて、北の港町ベラミスを目指すことにした。

「カザフ王国かシラス王国の密偵なら、南を目指すと考えるだろう」

北への旅は何日も続き、どんどんシラス王国から遠ざかるのには不安を感じたが、無事にベラミス港に着いた。

「上手いこと、南へ向かう船があれば良いが……」

ルーベンスは何隻《なんせき》かの船に、行き先を尋ねた。シラス王国に向かう船はなかったが、国境近くの町に遡《さかのぼ》れるザリ港への船は見つかった。しかし船長は、客船ではないと渋る。

「乗せるスペースが無いんだよ」

「ハンモックを余分に二つ吊《つ》り下げる余裕ぐらいあるだろう。それに、船賃は払うから」

上手く交渉して、どうにか乗せてもらう。

「やれやれ、ぼられたなぁ～」

乗務員と同じようなハンモックに何日も揺られるのにこの船賃は高過ぎだと、ルーベンスは大袈裟に愚痴る。高給取りのルーベンスにはたいした金額ではないが、船長に急いで乗りたがる理由を疑われたくなかったのだ。

船長や乗組員達は、臨時《りんじ》の収入だとホクホクしていた。

出航した船の甲板《かんぱん》で、忙しそうな乗組員達を眺めてフィンは興味津々だ。

「俺、船に乗るのは初めてなんだ。手漕《こ》ぎのボートならあるけど……」

きょろきょろと落ち着かないフィンを、ルーベンスは横に座らせた。

「何日ぐらいで、ザリ港に着くの？」

「さあなぁ、風任せだからなぁ」

「ゲーリックはザリ港を目指しているはずだよね。ザリ港から川を遡ってベリエールに行ったなら、帰りはザリ港に戻るに違いないよ」

フィンはぎりぎり間に合うかどうかだと帆《ほ》を眺める。

（帆に風を送ればスピードが出るはずだ。早く着けば、ゲーリックをザリ港で捕まえることができるかも……）

ソッと風を帆に送り込む。ルーベンスはフィンがゲーリックを捕まえて、父親の死の真相を聞き出そうとしているのだと気づいた。

（ゲーリックには、私も聞きたいことがあるが……）

北上した間にかなり進んでいるだろうし、向こうは川を下るのだから、こちらより速いだろうとルーベンスは考える。

「あまり露骨にすると、魔法使いが乗っているとバレるぞ。シラス王国以外では魔法使いは嫌われているから、海に放り込まれても知らないからな」

フィンは風を時々送り込む程度にした。川なら泳げるし、海も沿岸なら大丈夫だろうが、陸が遠いところで放り出されるのは御免だったからだ。

ザリ港に着いた時、浅黒い肌の連中は居なかった。

「ああ、南部の奴らは一昨日出航したよ。また帰ってくるかもな」

ルーベンスは何という船だったか？　と尋ねたが、不審そうな顔をされたので、それ以上は質問するのは控えた。

「どうも、ゲーリックとは会えないな」

前はゲーリックが居なくて幸いだったが、今回は捕まえたかったとルーベンスとフィンは溜め息をつく。ルーベンスとフィンはザリ港でしばらく滞在しゲーリックを待ちたいと考えたが、追っ手を考えると長居はできない。

ザリ港から川を遡り、ヘレナの街を通過して、国境を目指す。

「何だか面倒なことが起こっているぞ！」

ヘレナの街を出る門では、手配書を持った門番が、年寄りと少年を足止めしては顔を眺めている。ヘレナの手前で降りるべきだったと後悔したが、もう遅い。

「師匠、彼等は年寄りと少年の組合せを調べています。姿を消して通るとかは？」

「あんな行列の中では姿消しは向かないぞ。誰かにぶつかったら、バレてしまう」

ルーベンスはフィンの顔をしげしげと眺める。まだ子どものフィンは、つるりんとした肌だ。

（そう言えばレディ・ダイアナを初雪祭で演《えん》じていたな……）

レディにする必要はないが、祖父と孫娘には見せられるだろうとルーベンスは思いっいた。

「少し待っていろ、絶対にうろちょろするなよ」

ルーベンスは荷馬車を見かけの悪い馬に引かせて戻って来た。フィンのロバは荷馬車の後ろに繋いで、楽器は荷馬車に上手く隠す。

「ほら！　これに着替えなさい」

投げて寄《よ》越《こ》された農家の娘の服に、フィンは思いっきり嫌な顔をする。

「荷馬車があるなら、姿を消して通れば良いんじゃ……」

「魔法がバレたら命とりだぞ！」

ルーベンスに叱られて、フィンは服を着替える。ズボッと鬘《かつら》を被せられて、その上から妹達が夏に日焼けを防ぐために被る麦藁《むぎわら》と布でできた帽子を乗せられる。

「これなら孫娘に見えるだろう」

満足そうな師匠をフィンは恨めしそうに眺める。

「ほら！　女の子は脚を広げて座らないぞ！」

荷馬車の御者席で横に座った師匠に注意されて脚を閉じたが、すぐに広げてはピシャリと膝を叩かれた。

「そろそろ門だ、大人しそうに俯いていろ」

ズボッと日除《ひよ》け帽子を深く被ると、フィンは妹達が教会に行く時の様子を思い出して真似する。門番達は相変わらずのやる気のなさで、年寄りと少女は調べずに通してくれた。

ヘレナの街を出たら、向こうには国境の防壁《ぼうへき》とアシュレイの防衛魔法が見えてきた。

「この服を着替えても良い？」

女装《じょそう》したままノースフォーク騎士団にいるファビアン達に会いたくないとフィンは愚痴るが、却下《きゃっか》されてしまう。

「周りの商人達の目があるだろう。国境近くで変な行動は控えなくてはな」

商人に化けた密偵がいるかもしれないのだ。

「それにノースフォーク騎士団には、夜になるまで近づかない方が良いからな」

フィンはウィニーが我慢してくれるかな？　と師匠に尋ねる。

「ああ！　ウィニーかぁ……。門を通る時に言って聞かせなさい」

ルーベンスの忠告は遅かった。フィンの気配を感じたウィニーは、防衛壁の上に舞い上がったのだ。

「ひえぇ～！　竜だぁ！」

行きと同じように、騒いでいるのはサリン王国の商人達だ。シラス王国の商人達はウィニーを見慣れている。

「大袈裟に騒ぐなよ、あれは可愛いウィニーさ」

商人達がそんな会話をしている横で、フィンは必死でウィニーを止めていた。

『フィン！　会いたかった』

ウィニーの喜ぶ声に、フィンも会いたかったと心から思う。

『俺も会いたかったよ！　でも、まだ潜入調査中なんだ。夜に会いに行くまで待っていてよ』

ウィニーは会いたくて仕方がないと、駄々をこねる。

『夜までなんて嫌だよ！　凄く寂しかったのに……』

ルーベンスはやれやれと溜め息をつく。

『なら、もう少し待ちなさい。フィンが郊外でお前を呼ぶまで』

ウィニーは渋々了解する。竜が見えなくなったので、サリン王国の商人達はホッとして国境の門へ向かう。

近づくにつれて、櫓《やぐら》の上にクレスト団長やレオナール卿やファビアン達の姿が見えてきた。ファビアンの肩にはグラウニーが止まっている。

フィンはウィニーに寂しい思いをさせたなぁと思い、今夜は思いっきり甘やかしてやろうと笑った。

「ルーベンス様は無事に帰国されたな」

クレスト団長はホッとして、副長のレオナール卿に話しかけた。

ファビアンは下を通る荷馬車の御者席に座ったフィンが農家の娘姿なのに気づいて、何かトラブルがあったのだと心配していた。

「詳しい話をお聞きしたいが……」

団長達も、ルーベンスが何の理由もなく弟子を女装させるとは考えていなかった。国境を護るノースフォーク騎士団としては、サリン王国の情勢を把握しておきたい。

「夜には訪ねて来ると、ウィニーが言っています」

レオナール卿の言葉に、団長は頷いた。ファビアンは櫓から降りると、竜舎でウィニーを宥めるのに困っているバースを手伝う。

『ウィニー、フィンは無事に帰国したのだから、もう少しすれば会えるよ』

きゅるるるると悲しげなウィニーは、立ったり座ったりと忙《せわ》しない。

「こんなに落ち着きのないウィニーを見るのは初めてだ……」

バースは、ウィニーとフィンの絆の強さに驚いた。

『あっ！　フィンが呼んでいる！』

嬉しそうな叫び声と共に、ウィニーは舞い上がる。一直線にフィンの元に向かうウィニーを、バースとファビアンは笑って見送った。

二十七　ウィニーの言うことを聞くよ！

『フィン！　やっと会えたね！』

空から舞い降りたウィニーに、フィンは抱きついた。

『ウィニー！　俺も会いたかったよ！』

ラブラブの恋人みたいにウィニーとフィンは引っ付いて、会えなかった恨み言に謝ったりして過ごした。ウィニーが少し落ち着くと、ノースフォーク騎士団での飛行訓練の様子を尋ねた。

『騎士の中には私を怖がる人もいたけど、ほとんどの人は乗れたよ。ファビアンは指示を出すのが上手くなったから、グラウニーは楽に飛べると思う』

そう言いながらも、頭でドンとフィンの胸を押して、一番良い相性《あいしょう》なのはフィンに決まっているよ！　と甘える。

『フィンだといちいち指示をされなくても、すぐに行きたいところがわかるんだよ』

フィンはウィニーと離れたくないと感じたが、バルト王国の情勢も気に掛かるし、ザリ港から出航したゲーリック一味も調査したい。後ろめたさから、フィンはウィニーの機嫌をとろうとする。

『ウィニー、留守番のご褒美をあげるよ。生き餌《え》が良いかい？』

フィンが普段は生き餌を与えるのを好まないので、ウィニーはきゅるるるると不安そうな鳴き声を出した。

『フィン！　またどこかに行くつもりなの？』

（しまった！）

先を読まれたので、フィンは慌てて弁解する。

『少なくとも、今週はノースフォーク騎士団にいるよ』

ウィニーは置いて行かないで！　と頼みたかったが、留守の間にファビアンからも、シラス王国は周りの国から狙われていると教えてもらっていた。

『フィンは自分の国を護るために、潜入調査しているんだよ』

フィンに会いたいと愚図《ぐず》るたびに、ファビアンは根気《こんき》よく説明してくれたのだ。ウィニーはフィンと離れないために、自分の魔法の技を磨《みが》いていた。

『遠くからでもフィンが呼んだら助けに行けるようにしたいんだ。それに姿消しの技は、一日中しても平気になったよ』

ウィニーの努力は買うが、餌の問題がある。

『成長したから、餌も二日ぐらいは我慢できるよ！』

フィンはウィニーが頑張っているのを褒めてやる。

『凄く頑張っているね……今週はウィニーの言うことを聞くよ！』

嘘をつかないウィニーに、フィンも嘘はつけない。きゅるるるるとウィニーは寂しそうに鳴いたが、海水浴に行こう！　とフィンが誘うと、途端に機嫌を良くした。

きゅるるっぴ！　とフィンを乗せて海岸までひとっ飛びする。

『鞍が無くてもフィンは飛べるね！』

本当は鞍が好きではないウィニーは喜ぶが、フィンは少し乗りにくい。でも、初めてウィニーと飛行した時みたいに首に抱きついたりしないで、どうにか体勢を保って海岸についた。

『夕方には師匠のところに帰らなきゃいけないけど、それまでは泳げるよ』

夏の午後の日差しはまだ暑く、二人は北部の海水浴を楽しんだ。ひと泳ぎすると、海に仰向《あおむ》けでぷかぷかと浮いて、フィンは空に浮かぶ雲を眺める。

『サリン王国で何かあったの？　ファビアン達が、フィンが女の子の服を着ていたと言っていたよ』

『やっぱり見られたんだ！』

フィンは格好悪いなぁと、慌ててバランスを崩しかける。スッと下にウィニーが来てくれたので、フィンはうつぶせになると胴体に掴まってぷかぷか浮いた。

『ちょっと追っ手が掛けられたから、女装したんだよ……やっぱり途中で着替えたら良かったなぁ』

フィンはぶつぶつ愚痴を言ったが、ウィニーは危険な目に遭ったのかと心配する。

『危険な時は呼んでよ！』

『そんなに危険じゃなかったんだ。捕まったら、魔法で逃げただろうし』

ぷんぷん怒るウィニーを宥めて、本当に危険な時は呼ぶと約束させられた。

『本当に呼んでよ！』

何度も確認して、ウィニーはやっと安心して泳ぎ出す。すいすいと気持ち良さそうに水面を滑る姿を見ながら、フィンはウィニーを呼ぶような事態に陥《おちい》らないようにしようと決意した。

ヘレナの街にウィニーが飛んで来たら、いくらぼんやりしている兵隊達でも矢や槍で攻撃をするだろう。

『ウィニーは俺のことが心配で、力を抑制《よくせい》して魔法の技を使えないかもしれない。そうしたら攻撃をまともに受けて怪我をするだろう。かと言って遠慮なく魔法の技で人を傷つけるのも見たくないな……』

フィンはいつかはカザフ王国と戦争状態になり、その時は自国を護るために防衛だけでなく、攻撃の技を使うのだろうと覚悟をしていたが、今はまだウィニーには人を攻撃させたくなかった。

「師匠が俺に攻撃魔法の技を教えないのは、同じ気持ちなのかな……」

ほんの少し、魔法の技を教えてとせっつくのはやめようと思った。

この頃から、フィンは自分が上級魔法使いルーベンスの弟子だと、自覚し始めた。そして、戦争の影がシラス王国に覆《おお》い被さって来るのを予感させる事件が、この夏に何件も起こることになる。

砂浜でウィニーが海水浴をしているのを眺めながら、防衛魔法が無い海岸は無防備だなぁと、フィンは改めて気づいた。

「海岸線に防衛魔法をかけたら……漁師とか困るかぁ……。それに、凄く長いよね～。アシュレイはどうやって防衛魔法を掛けたのか？　まずはそこから解明しなくちゃいけないんだなぁ」

砂浜の石を拾って、両手を広げたくらいに並べてみる。

「アシュレイは石垣《いしがき》の上に防衛魔法を掛けているけど……この程度の石でもいけるかな？」

アシュレイの防衛魔法を思い出して、土の中から石の上に防衛魔法を掛けてみるが、なかなか上手くいかない。砂浜の下には海水があり、土の防衛魔法を築《きず》き上げようとしても、途中で消えてしまった。

「土と水の相性は悪くないはずだけど……あっ！　満ち潮《しお》になったら、ここは海になるんだ！　なら、水の防衛魔法じゃないと駄目なのかな？」

海の沖に防衛魔法を掛けられたらと、一瞬フィンは名案を思い付いた気分になったが、漁師はよくても交易船が困ると首を横に振る。

「それに、水の上に防衛魔法を掛けられるかわからないや……」

フィンはゲーリック一味がシラス王国の商船を襲ったり、無防備な海岸を襲撃《しゅうげき》するのではと想像しただけで寒気《さむけ》がする。

「確か、パックの一族の領地も海岸に近かったなぁ」

あの一族には火の魔法体系の攻撃魔法を得意とする魔法使いがいるから大丈夫だろう。でも、海岸の領主が全て魔法使いというわけではない。

「何か手を打たなきゃいけないけど……」

師匠もゲーリック一味が海賊行為をするのを、黙って見過ごすはずがない。海で泳いでいたウィニーは、フィンが難しい顔で色々と考えているのに気づく。

『フィン！　遊ぼうよ』

パッシャ～ン！　ウィニーが海水をかけてきたので、ゲーリックのことを考えるのは後にして、海へ駆け込むとバシャバシャと水をかけ返す。

フィンと夕方まで海水浴したウィニーは、満足してノースフォーク騎士団に飛び去った。

海水浴で少し疲れたフィンは、師匠が泊まっている宿屋まで、とぼとぼと歩いて行きながら空を見上げ、アシュレイの防衛魔法の綻びもどうにかしなくてはと、大きな溜め息をついた。

フィンの夏休みには、大きな宿題がまだ残ったままなのだ。

二十八　拗《す》ねたグラウニー

フィンが潮の香りをさせて宿屋に戻って来た頃、ノースフォーク騎士団ではグラウニーが拗ねていた。

ウィニーのことは大好きだけど、ファビアンが毎日一緒に飛んでいるので少し寂しく感じている。それでも、ウィニーの横を飛んだりして、いつかはファビアンを乗せて飛ぶんだと考えて我慢していたのだ。同時に、ウィニーがフィンと離れ離れなのに同情していたし、チビ竜ながら励《はげ》ましたいと考えていた。

『ウィニー？　海水浴に行ったの？』

きゅるるる……と羨ましそうにグラウニーは鳴いた。

『うん。でもグラウニーは海水浴には……あっ』

ウィニーは夏休みになってからも、ファビアンはノースフォーク騎士団で自分と飛行訓練ばかりだったと、フィンが帰国して気持ちに余裕ができて気づいた。

『ごめんね、グラウニーも誘えば良かったね』

チビ竜のグラウニーに寂しい思いをさせてしまったと、ウィニーは謝った。グラウニーはくぴくぴと謝罪《しゃざい》を受け入れた。

『水浴びはしたことがあるけど、海水浴はないんだ。泳げないし……』

ウィニーは、自分も初めは泳げなかったよと、グラウニーを慰《なぐさ》める。

『ファビアンと一緒に泳ぎたいな〜』

グラウニーはどうやって泳ぐのかは知らなかったが、寮でファビアンがお風呂に入る時に、横にたらいをおいてもらってパシャパシャするのは大好きだった。

『夏休みなんだから、連れて行ってもらえるよ』

グラウニーは、きゅるるっぴ！　と喜んだ。

『ファビアンと海水浴に行きたいなぁ！』

嬉しそうなグラウニーを見て、ウィニーもホッとした。

しかし、呑気な竜達とは違い、ノースフォーク騎士団の団長室では、真剣な話し合いがされていた。

「やはり、カザフ王国とサリン王国は婚姻により同盟を組んで、バルト王国を滅ぼすつもりなのですか？」

シラス王国の北部を護るノースフォーク騎士団にとっては、カザフ王国がバルト王国を滅ぼすと、国境線を挟んで対することになるのだ。

クレスト団長は縁談《えんだん》があるとの情報は聞いていたが、カザフ王国のミランダ姫が既にサリン王国の首都ベリエールに滞在しているとは知らなかった。

「ミランダ姫とチャールズ王子が結婚間近《まぢか》なら、同盟は締結《ていけつ》されたも同然ではないですか……」

クレスト団長は魔法使いではなかったが、アシュレイが掛けた防衛魔法が弱っているのではと、騎士団所属の魔法使いから報告を受けていた。

目の前にいる上級魔法使いルーベンスに、そのような失礼な質問はできなかったが、腹の底から不安がこみ上げてくる。

もちろん、ノースフォーク騎士団は力を尽《つ》くしてシラス王国を護る覚悟を決めているが、既に圧倒的に数で負けている状況だ。さらに相手が同盟を組むのは気持ちの良いものではない。

「竜を、各騎士団に配置できないものでしょうか？」

レオナール卿の提案に、クレスト団長も竜がいるとパトロールに便利だし、緊急の時は首都サリヴァンまで伝令に出せると頷いた。

「竜かぁ……海岸線のパトロールも強化しなくてはいけないからな。どうもカザフ王国とサリン王国は、私掠船の許可証を出したみたいだ。カザフ王国に近い西南部や交易船は海賊の被害《ひがい》を既に受けているが、東北部も警戒しなくてはいけない」

クレスト団長は海岸線のパトロールに割《さ》く団員がいないと、眉をひそめた。

「海上はサザンイーストン騎士団の管轄《かんかつ》だが、こんな北部までは巡航《じゅんこう》していない」

言外に、首都サリヴァンと東南の島々との交易航路を中心にパトロールしているのを非《ひ》難《なん》する。航路の安全を護るのももちろん重要だが、本来の海岸線の巡航はなおざりにされているとクレスト団長は文句をつけたいのだ。

「ルーベンス様、どのくらい滞在される予定ですか？」

自分の滞在中に何かをする気だとルーベンスは察したが、防衛魔法を強化しなくてはと考えていたので、珍しく真面目に一週間ほどと答えた。

他にも話し合うことが多かったので、ルーベンスは滞在期間を教えたことなど忘れてしまったが、クレスト団長はこの機会を利用してキャリガン王太子を呼び寄せようと計画した。王宮の会議に出席しないルーベンスと、キャリガン王太子を引き合わせたかったのだ。

（ウィニーを貸してもらえれば、一日でキャリガン王太子をお連れできる）

ルーベンスは、ジェームズ国王がカザフ王国の密偵により麻薬中毒にされていた計略を話しながら、ふとクレスト団長がほくそ笑んでいるのに気づいて怪訝な顔をした。

「カザフ王国の計略に気づかない王宮の侍医はマヌケですな」

ルーベンスの視線に気づいて誤魔化したクレスト団長に、その侍医はカザフ王国に取り込まれているのではとレオナール卿は口を挟んだ。

ルーベンスはサリン王国の兵士の士気の低下や、カザフ王国の宣伝の上手さに舌打ちしながら説明する。

ファビアンとフィンは、質問や用命《ようめい》があるかもしれないので、団長室の前に控えていた。団長や父親がルーベンスと何を話しているのか、ファビアンはフィンに質問したくてうずうずしていた。

フィンも本当ならファビアンに、ミランダ姫に駆け落ちしよう！　と言われてビックリしたことや、カザフ王国の酷い手口を話したかったが、師匠に潜入調査中のことは話してはいけないと釘を刺されていた。

そうなると、竜馬鹿の二人の話題は自然と絞られてくる。

「留守の間、ウィニーの飛行訓練をしてくれてありがとう。それにしても、グラウニーも飛ぶのが上手くなったね」

　ちょっと前までは助走をかなりつけなくては飛べなかったグラウニーだったが、今ではパタパタと自由に飛び回っている。

「そうだなぁ、早くグラウニーと飛行したいな」

　ウィニーと飛行訓練して、竜と飛ぶことが凄く便利だとファビアンもノースフォーク騎士団も感じていた。駐屯地から出張所まで馬なら三日はかかるのに、竜なら日帰りが可能だし、パトロールも広範囲にできるのだ。

「ファビアンはこれからどうするの？」

　夏休みなのだから家族と過ごすのかな？　と思ってフィンは尋ねたのだが、ファビアンはノースフォーク騎士団で武術研修をさせてもらうと嬉しそうに話し出した。

「ウィニーに一緒に乗った見習い騎士に、武術研修に参加しないかと誘われたんだ。学校やサリヴァンでも鍛えていたつもりだったけど、やはり騎士としては未熟だな」

　魔法使いなのに見習い騎士から始めるファビアンはやはり変わっているなぁとフィンは苦笑する。サリン王国の件は話せないが、フィンはファビアンに聞きたいことがあった。

「ねぇ、ファビアンは国境の防衛壁からサリン王国を見て、何か感じない？」

　遠回しに、防衛魔法が見えるか？　と尋ねてみる。

「アシュレイが掛けた防衛魔法のことだろう？　壁の存在は少し感じるけど、私には普通の風景が見えるだけだ。騎士団の魔法使いは防衛魔法が弱っているのではないかと気にかけているが……

「ふうん、ここの魔法使いは気づいたんだぁ」

「ちょっと待った！　フィンは防衛魔法が弱っているのに気づいていたのだね」

シラス王国の死活《しかつ》問題なのに、フィンの態度は呑気過ぎるだろうとファビアンは詰め寄る。

「呑気じゃないよ～！　防衛魔法の綻びを補修《ほしゅう》して、強化しなきゃいけないんだ。それと、海岸線もどうにかしなきゃいけないと悩んでいるのに！　ゲーリックは……」

ハッと、口を手で押さえる。ファビアンは、ゲーリック？　海岸線？　とフィンの言葉で、あれこれと推察する。

「そんなことより、ファビアンは防衛魔法を通り抜けられる？」

サリン王国の潜入調査の件から話を逸《そ》らすというよりも、元々フィンは、ファビアンに防衛魔法は見えるのか？　通り抜けられるのか？　ということに興味があったのでそう質問した。

「何だって！　防衛魔法は人が通り抜けられるくらい弱っているのか？」

胸《むな》ぐらを掴みそうな勢いのファビアンに、シーシィ！　と声の大きさを注意する。

「防衛魔法にあちこち綻びは生じているけど、普通の人は通り抜けられないよ。俺はできるから、ファビアンも通り抜けられるかなぁ？　と思ったんだ。お父さんは防衛魔法を通り抜けられたみたいで、そのせいでカザフ王国の密偵と採めて死んだらしいから……」

フィンは思い出しただけで、ゲーリックへの怒りがこみ上げてきた。

「フィン！　まさか君の父上も、魔法使いだったのか？」

フィンは大きく深呼吸して、ゲーリックへの怒りを息と一緒に吐き出した。

「いや、お父さんはちょこっと魔力を持っていただけみたいだ。師匠は下級魔法使いぐらいにはなれただろうって言っていたよ。そしたら、西の防衛壁の補修工事なんかに出稼《でかせ》ぎに行かなくても良かったのかな？　村の治療師として、今も生きていたかも」

しょんぼりとしたフィンに、ファビアンはマキシム王が税金免除の令を出したのは二十年近く前だったし、地方まで巡回試験が行き届いてはいなかったから、フィンの父は魔法学校に通うチャンスはなかっただろう、と頓珍漢な慰めを口にした。

「あっ、そういえばフィンは村に治療師がいないことを気にしていたよな。家の領地の常《じょう》駐《ちゅう》は見つけられなかったんだけど、隣の領地の治療師が月の半分は来てくれることになったんだよ」

フィンは気になっていたから、ホッとした。

「俺が退職したら専任《せんにん》になるつもりだったけど、嬉しいよ！　お父さんは二十年前ならもう結婚していたから、畑仕事で忙しくて魔法学校に行くどころじゃなかったね」

立ち直りの早いフィンに、ファビアンはホッとした。

二十九　夏休みの宿題は大仕事

フィンは朝寝坊の師匠を寝かせておいて、離れて寂しい思いをさせたウィニーに会いに行った。バースが世話をしているので体調は万全だけど、ウィニーはフィンと一緒にいるのがとても嬉しいのだ。

「昨夜はいっぱい餌を食べたよ」

バースはフィンに笑いかけた。

「留守の間は、食欲がなかったの？」

ウィニーはいつも食欲旺盛《おうせい》なのにとフィンは心配したが、普通には食べていたと聞いて安心する。

『ねぇ、グラウニーは海水浴に行ったことが無いんだよ。一緒に海水浴に行こうよ』

ウィニーの言葉で、フィンはグラウニーにも寂しい思いをさせちゃったなと気づいた。

『チビ竜なんだから、少しは遊んでやらないと可哀想だね。ファビアンに予定を聞いてみるよ』

できたら一緒に海水浴に行きたいけど、フィンには防衛魔法の綻びを強化するという夏休みの宿題が残っている。

まずはファビアンに予定を聞こうと、グラウニーを呼び寄せた。騎士団の駐屯地を捜《さが》し回るより、グラウニーに案内してもらった方が早いのだ。

『グラウニー、ファビアンはどこにいるの？』

肩に止まったグラウニーに、ウィニーがチビ竜だった頃を思い出す。グラウニーはきゅるるるるん……と少し寂しそうに、クレスト団長の部屋だと答えた。

『今日もウィニーと飛行訓練かなぁ？　海水浴には行けそうにないよ』

フィンは自分が帰って来たのに、ファビアンがウィニーの飛行訓練？　と訳がわからない。

「クレスト団長との話が済んだら、ファビアンに予定を聞いてみるよ。その前に防衛魔法を調べてみよう」

グラウニーはぱたぱたとフィンの後ろを飛んでいき、ウィニーは防衛壁の上に舞い降りた。

ノースフォーク騎士団の騎士達は、ウィニーとグラウニーに慣れてきていたが、それは入団間近のファビアンが側にいる場合だ。子どもにしか見えないフィンが、ちゃんと竜達を制御できるのかと、少し不安を覚えた。

フィンはグラウニーに、ファビアンがクレスト団長の部屋から出たらここに呼んで来てと頼んで、防衛魔法の綻びを眺めた。

「去年は石を積んで綻びを修繕《しゅうぜん》したんだ。でも、それでは労力がかかり過ぎるよね……」

グラウニーはファビアンが出てくるのを待とうと団長室の前に飛んで行き、ウィニーは防衛壁の上でうたた寝をしだした。他の人からは、一人の少年が防衛壁にもたれて、ぼんやりとしているようにしか見えなかった。

そんな中、騎士団付きの魔法使いは防衛魔法が弱っているのを感じていたので、上級魔法使いの弟子が何をするのかと真剣に見つめていた。

「門の近くの穴は……奴が通ったせいかも」

憎《にく》いゲーリックが易々《やすやす》と父親の髪などを利用して通過したのかもと考えると、腸《はらわた》が煮《に》えくりかえる。そこだけ補修しても意味は無いと思いながらも、石垣が崩れているのを直したくなった。

「去年よりへたっている？　それとも、西より北の方が元々防衛魔法が弱かったのかな？」

カザフ王国との国境線の防衛魔法は天まで達する高さだったが、こちらは弓矢を防ぐ程度だ。

ふと、防衛魔法の上を通り過ぎる雲を見て、フィンは冬に吹き荒れる雪嵐《ゆきあらし》などで削《けず》られたのかな？　と考えた。

「防衛魔法も自然の力に負けるのかな？　まぁ、そもそもアシュレイが防衛魔法を掛けたのは三百年も前だものなぁ～」

ぼんやり考えていても仕方ないので、今回は力で石を積むのではなく、移動魔法で石垣の上に崩れた岩や石を戻してみる。

がしゃがしゃ……と、フィンが見える範囲の石垣の上に、三百年の間に落ちた岩や石が移動した。フィンは石垣に手を当てて、土の中から防衛魔法の網《あみ》を引っ張り出す。

「門の周りは強化できたけど、これでは去年とほぼ一緒だよね」

防衛壁の上で見学していた騎士団付きの魔法使いは、フィンが防衛魔法の基礎《きそ》の石垣を移動魔法で積み直したのに驚いた。

「アシュレイ様の防衛魔法の基礎の石垣に、何をしたのだ！」

防衛魔法は物理的な攻撃を跳ね飛ばし、魔法も受け付けないはずなのにと混乱する。

しかし、目の前の防衛魔法が強化されているのを感じて、フィンはルーベンスが百年待っていた弟子なのだと感嘆した。

驚いたのは騎士団付きの魔法使いだけではない。レオナール卿も防衛壁の上からフィンが防衛魔法を補修しているのを見て、やはりアシュレイの子孫なのだと確信を持った。

「今まで上級魔法使いが防衛魔法の維持をしてきたが、こんな風に手を加えたりはできなかった。アレンがアシュレイ様の偽名《ぎめい》なら、全てがすっきりと説明できる。初代夫人のレティシイアへの高額な結納金《ゆいのう》や、二代目から魔法使いになった理由、治療費……。そして、ファビアンが竜をもらった理由」

フィンがアシュレイの直系、そして自分達が傍系なのだと考え、レオナール卿は身が震えた。

グラウニーがぱたぱたと羽ばたきながら、ファビアンを案内してきた。

『あっ！ グラウニー、ありがとう。ファビアンの今日の予定を聞きたかったんだ。皆で、海水浴でも行こうかと思っているんだ』

ファビアンは、防衛魔法を微かに感じるだけだったが、ノースフォーク騎士団にウィニーと共に二週間近く滞在していたので、門の周りの崩れかけた石垣が修繕されているのに気づいた。

「フィン！ もしかして君が修繕したのか？」

「そうだよ！ ファビアン、ちょっとごめん」

フィンはいきなり、防衛魔法に向かって、ファビアンを突き飛ばす。魔法の壁にボヨヨン～と跳ね返されたファビアンにぶつかられて、フィンは一緒に倒れ込んだ。

「フィン！ 何をするのだ！」

「ファビアン、重たいよ～！ どいてよ！」

ファビアンは尻に敷いているフィンに言われて立ち上がると、手を持って引き起こした。

「ファビアンは防衛魔法を通り抜けられないみたいだね！　良かったよ」

フィンはファビアンが防衛魔法を通り抜けられるのか実際に試してみたかったのだ。

何が良かっただ！　と罵りたい気分のファビアンをよそに、フィンは話を続ける。

「昨日も言ったけど、アシュレイの防衛魔法はへたってきているんだよ。これを強化する方法を見つけるのが夏休みの宿題なんだけど……。師匠もずっとアシュレイの弟子の書簡《しょかん》まで調べているけど、ヒントすら見つからないんだ。アシュレイも防衛魔法をどうやって掛けたか、ちょっとは書いておいてくれたら良かったのにねぇ」

ファビアンは凄い宿題だなぁと呆れたが、機密《きみつ》保持のために書き記さなかったのではと答えた。

「機密保持？　う～ん、そうなのかなぁ？　書くのが面倒だったのかと疑っていたけど……。防衛魔法の修繕も大変だけど、海岸線は無防備だからそっちも考えないとなぁ！　あっ、海岸線で思い出した！　グラウニーも海水浴に行きたがっているんだよ」

国防の重大問題と、グラウニーの海水浴を同列に語られて、ファビアンはくらくらしそうになった。

「今日も天気が良いし、ファビアンとグラウニーと一緒に海水浴に行こうかなと考えていたんだけどどうかな？」

予定を尋ねられて、ファビアンは困った顔をした。

「何か、クレスト団長さんに用事を言いつけられたの？　なら、別の日でもいいけど……」

それなら防衛魔法の修繕を考えておくと言うフィンに、ファビアンはどうやって話を切り出そうかと躊躇う。クレストから、フィンに頼んでウィニーを貸してもらうよう、命令されていたのだ。

「ルーベンス様は王宮の会議に出席されないのか？」

凄く遠まわしに、話を始める。

「師匠は……王様のことは別に嫌ってないけど、王宮に屯《たむろ》している贅沢《ぜいたく》好きな貴族が嫌いなんだって。でも、それとクレスト団長の用事に何か関係があるの？」

ファビアンはサリン王国の情勢を、ルーベンスの口からキャリガン王太子に説明して欲しいとクレスト団長は願っているのだと、フィンを説得した。

「だからウィニーとサリヴァンへ行って、キャリガン王太子を連れて来たいんだね。師匠は嫌がりそうだよ……クレスト団長から報告書を提出したら良いんじゃない？」

ファビアンは団長の命令なのだと、フィンを口説く。

「私はサリン王国の詳しい情勢は知らないけど、カザフ王国の姫君が嫁いだら同盟を結んで、バルト王国を滅ぼすつもりなのだろう？　そして、カザフ王国の姫が王子を産めば、サリン王国のジェームズ王やチャールズ王子は始末されるのではないかな？　そんなことになったら、大陸はほぼカザフ王国の傘下になってしまうから、今の内に何か手を打たなければ」

フィンは、ファビアンが潜入調査の結果をほぼ見通していることに感心した。

「まぁ確かに、何かしなきゃいけないんだけど……」

ファビアンの肩に止まったグラウニーが、今日は海水浴に行けそうにないと気づいて、きゅるるるると鳴いている。

『グラウニー……ごめん。ウィニーと飛行訓練ばかりだったね』

フィンは、ルーベンスが嫌がるかもしれないと思いながらも、ウィニーをファビアンに貸すことにした。

『キャリガン王太子が来たら、海水浴に行こう！』

ウィニーはサリヴァンまで往復するのも平気だと言うので、明日こそ海水浴に行こう！と約束する。グラウニーを連れて行っても良いのだけど、フィンが預かることにした。

『海水浴には行けないけど、リンドンの近くの川に遊びに行こう！』

グラウニーはファビアンが好きだけど、フィンも好きなのでくぴくぴと頷いた。

三十　ひえぇ～

ウィニーは、折角フィンが帰国したのにサリヴァンまで遠出《とおで》をするのを少し嫌がった。

『フィンがサリヴァンまで行けば、グラウニーもファビアンと海水浴に行けるのに……』

そんなことをしたら、ルーベンス様がキャリガン王太子が来るのに気づいて逃げ出してしまうと、ファビアンはウィニーに頼み込む。

フィンが留守の間に、ファビアンには慰めてもらっていたので、ウィニーは仕方なく了承すると、猛《もう》スピードで帰って来るねと言って飛び立った。

きゅるるるるとファビアンが遠ざかるのを寂しそうに見送るグラウニーを連れて、フィンはロバで川まで向かう。

「あっ！　可愛いウィニーだ！」

「違うよ、この竜はグラウニーというんだよ。ほら、まだチビ竜だろう」

途中に出会う子ども達がウィニーと勘違いしているのを、グラウニーに謝った。

『ウィニーの本が小学校に配られたから、皆が竜の名前はウィニーだと思い込んでいるんだ』

グラウニーは子ども達の言葉はわからなかったが、竜を怖れていないのは嬉しく思った。

『別に、名前はどちらだって良いよ』

フィンは、ファビアンの師匠はグラウニーの育成日記をきちんと書かせているけど、絵本とかは宿題に出さないのだろうなあ、と真っ当な師匠を持つファビアンを少し羨ましく思った。

川に着くと、フィンはロバの手綱を木の枝に括って、シャツを脱ぎ捨てた。

『グラウニー、ちょっと泳いでみよう』

グラウニーを両手で抱いて、川の中に入る。

『流されないでね』

膝くらいのところにグラウニーを降ろしたが、バシャバシャと溺《おぼ》れているようにしか見えない。

『グラウニー？　大丈夫なの？』

助け上げると、くぴくぴぴっと降ろして欲しがる。フィンは、川岸は石が多いので中洲《なかす》まで歩いて行って、グラウニーを白い砂の上に降ろした。

『川下《かわしも》に向かって泳いではいけないよ。川上《かわかみ》に向かってね』

少しバシャバシャしているのを見ていたが、ウィニーも初めは上手く泳げなかったなぁと思い出す。

『水の魔法体系の竜は、泳ぐのが上手いのかな?』

グラウニーは中洲にヨチヨチと上がって来て、自分の得意技を披露《ひろう》する。

『私は土を掘るのが得意だよ!』

ザッザッと砂を後ろ脚で力強く掻き出して、グラウニーは中洲に穴を掘った。

『凄いね! グラウニーは力持ちだね』

フィンが褒めるので、グラウニーはきゅるるっぴ! と調子に乗って掘り続ける。グラウニーが掘り進めるのを見ていたフィンは、土の魔法を使って掘っているのに気づいた。

何かアシュレイの防衛魔法のヒントになるかもしれないと、グラウニーが土の魔法体系を使って砂を掘っているのを眺めていたが、急に穴から水が湧いてきた。

『グラウニー! 水だよ!』

フィンはグラウニーを穴から掴み出した。

『ここは川の中洲だから、下には水があるんだよ』

砂まみれのグラウニーを川でバシャバシャさせると綺麗になった。

『今、砂を掘るのに土の魔法体系を使っていた?』

折角綺麗になったグラウニーが砂で汚れないように抱き上げて、フィンは質問した。

『フィン? よくわからない』

きゅるるるると困っているグラウニーに、フィンは気にしなくて良いよと笑った。まだチビ竜だからよくわかっていないのだろう。もう少しバシャバシャしたいと言うグラウニーを中洲の川上に降ろして、竜の魔力について考える。

（竜に魔法で人間を攻撃させたくはないけど、戦争になったら……。いや、戦争にならないためにカザフ王国の野望を挫《くじ》かなきゃ！　水の魔法体系の竜なら、海岸線に防衛魔法を掛けられるのかな？）

フィンはアシュレイが外国で悪魔のように怖れられているのは、三百年前の戦争で大勢の人を殺したからだろうと考えた。

（戦争だったのだし、向こうから攻めてきているのだから当然だけど、きっと俺のご先祖なら惨状《さんじょう》にウンザリしたはずだ。だから、天まで届く防衛魔法を掛けて、他国が攻める気にならないようにしたんだと思う。そして、二度と魔法で人を殺したくなかったから、カリン村で農民になったんだろうなぁ）

アシュレイが守ったシラス王国の平和が、脅かされている。フィンは無防備な海岸線に、浅黒い肌の海賊達が襲いかかるのではと思うと肌が粟立《あわだ》った。母親や妹達と同じような無力な農民達が、殺されたり連れ去られて奴隷《どれい》に売られたりするのを思い浮かべたのだ。

「師匠はキャリガン王太子やマキシム王と、対応策を話し合うべきなんだ……。このままでは海賊の被害者が増えてしまう」

（そろそろお昼だから、師匠を起こそう！）

まずはグラウニーを竜舎のバースに預けて、宿屋まで師匠を起こしに行く。

二階に上がって部屋に入ったが、やはりルーベンスは布団を頭から被って眠っていた。

宿屋のカーテンは薄くて、部屋は夏の眩しい光が反射しているのにとフィンは呆れてしまう。

（サリヴァンまで往復するなら、お茶の時間くらいにこっちに帰って来るかな？）

朝一番に出かけたファビアンが帰って来るまでに、ちゃんと着替えさせて昼食を取らせなきゃと、フィンは機嫌を損ねないように声をかける。

「師匠、そろそろ起きてくださいよ。お昼ですよ～」

昨晩は遅くまで団長達と話し合い、宿屋に帰ってからくさくさすると酒を飲んだルーベンスは、弟子の声に唸り声で応えた。

フィンは布団越しに、二日酔いと関節痛の治療魔法を掛ける。ちょこっと後ろめたいフィンは、少しでも師匠の機嫌をとっておきたかったのだ。

もぞもぞと、布団からルーベンスが出てきた。

「師匠、お昼を食べましょう！」

小食な上にずっと寝ていたルーベンスと違い、朝から門の周りの防衛魔法を修繕したり、グラウニーと川遊びしたフィンはお腹がペコペコだった。

ルーベンスはフィンの旺盛な食欲で、朝から何かしていたのだと気づいた。お茶とパンとチーズを少し食べて、ルーベンスは食事を終えた。

「フィン？　何を隠そうとしている？」

ひえぇ〜！　とフィンは、食べていた鶏肉が喉につっかえそうになった。

ごほん！　ごほん！　と真っ赤になって咳《せ》き込むフィンを見て、ルーベンスはやはりクレスト団長がキャリガン王太子を呼び寄せたのだと察して眉をひそめる。

「ファビアンはクレスト団長に命令されたら断れないよ……。それに俺も、師匠と王太子は話し合うべきだと思う」

フィンの真剣な顔を見て、ルーベンスは大きな溜め息をついた。

三十一　ウィニーの提案

ファビアンはクレスト団長の書簡を持って、サリヴァンの郊外にある離宮にウィニーと舞い降りた。

「おお！　私をウィニーでリンドンまで連れて行ってくれるのか！　ルーベンス様とは、話し合いたいと思っていたのだ」

休暇中だというのに仕事中毒気味なキャリガン王太子は、素早くグレイス妃とアンドリュー王子にキスをすると、ウィニーと飛び立った。

グレイス妃はウィニーとリンドンに飛び立った夫に溜め息をつき、羨ましそうに見送るアンドリューを抱き寄せて、午後からはユリアンと遊んで良いと許可を与えた。

「わぁ〜！　アンドリューがウィニーに乗せてもらったと言っていたが、凄いスピードだなぁ」

キャリガン王太子はウィニーが急いでいるのを知らないのだと、ファビアンは苦笑する。

「途中で休憩をしますが、それまでに疲れたりしたら仰《おつしや》ってください」

ファビアンは初めて竜に乗るキャリガン王太子を気遣《きづか》ったが、ウィニーは急いでフィンの元に帰りたいと思っていた。

『なるべく揺らさないようにするよ』

羽根を動かして飛ぶのだが、それだけで飛行している訳では無い。

風の魔法体系に属するウィニーは、風の流れを読んですいすいと飛行していく。

途中で休憩を挟んだが、お茶の時間の前にノースフォーク騎士団に到着した。

『フィン〜！　帰ったよ』

ファビアンとキャリガン王太子を降ろすや否《いな》や、ウィニーはフィンの元へ突進する。

『ウィニー、お疲れ様だったね』

頭をフィンの胸にこすりつけて甘えている様子を、キャリガン王太子は微笑《ほほえ》ましく思ったが、横に立っているルーベンスが苦虫を噛み潰したような顔なのに気づいた。

「キャリガン王太子、ウィニーの初飛行でお疲れではありませんか？」

クレスト団長は気遣ったが、キャリガン王太子は馬を乗り継いでの強行軍《きょうこうぐん》にも慣れていたし、数時間で国境線まで来られたのに感激《かんげき》していた。

「いや、ウィニーはとても上手く飛ぶので、揺れもあまり感じなかったし、快適だったよ」

フィンに甘えているウィニーにお礼を言って、団長室へと向かう。

残されたファビアンは、肩に乗ったグラウニーから川へ連れて行ってもらったと報告を受けていた。

『川遊びかぁ、良いなぁ』

師匠が団長室でキャリガン王太子と話し合っているので、フィンはファビアンに竜孝行《こうこう》をすることを提案する。

「ねぇ、ファビアン！　ちょこっと海水浴に行かない？　キャリガン王太子も今夜はノースフォーク騎士団に泊まるんだろ？」

肩に止まったグラウニーが期待を込めてきゅぴきゅぴ鳴くのに、ファビアンは負けた。

『グラウニー？　川で泳いだのに、海水浴もしたいのかい？』

グラウニーは連れて行ってもらえるとわかり、嬉しくてきゅるるっぴとまた鳴いた。


ウィニーに乗り、二人はグラウニーを連れて海岸までひとっ飛びする。

すいすい泳ぐウィニーとは違い、グラウニーはバシャバシャしているだけだったが、ファビアンと一緒なので嬉しそうだ。フィンはひと泳ぎすると、砂浜に座って無防備な海岸線をどうしたら良いのかと難しい顔で眺めていた。

「おや？　フィンはもう泳がないのか？」

ファビアンはグラウニーを少し休憩させようと、抱き上げて砂浜に連れてきた。いつもは陽気なフィンが、珍しく真剣な顔で海を眺めているので、ファビアンは不審に感じる。

「サリン王国で、何かあったのか？」

フィンが潜入調査の件を話さないのは、師匠に口止めされているからだろうと察していたが、ファビアンは深刻な問題が起こっているなら知りたいと質問を投げかけた。

フィンは石を拾って、海へと投げ込む。

「海岸線には防衛魔法が無いんだよ……海賊に襲われたら、ひとたまりも無い」

フィンはサリン王国が浅黒い肌の連中に私掠《しりゃく》許可を出したとは言わなかったが、ファビアンはピンときた。このところ、サリヴァンへ入港する商船が海賊に頻繁に襲われていたのだ。

「カザフ王国が海賊を使って、交易の邪魔《じゃま》をしているのは知っていたが……。サリン王国と同盟を結ぶのだから、海賊達はザリ港も補給に使えるようになるのだな！」

北部の港には、サリヴァンほど商船は来ない。なら、この無防備な海岸線沿いの村を、手間賃《てまちん》稼ぎに襲うかもしれない。

フィンにつられて、ファビアンも難しい顔で海を睨みつけた。二人が海水浴に参加しないので、ウィニーも海水浴を切り上げて、砂浜で夏の日差しを浴びて昼寝を始める。

退屈したグラウニーは、砂を掘り起こしていた。フィンは、折角海水浴に来たのに、グラウニーに可哀想なことをしたなと反省して眺める。後ろ脚で砂をリズミカルに掻き出して、グラウニーはどんどん大きな穴を掘っていく。

「グラウニーは砂を掘るのが上手いよね……土の魔法体系に属しているからかな？　防衛魔法の役に立たないかな……」

「防衛魔法は土の魔法体系だよな。グラウニーが役に立つなら、協力してくれるだろうけど……」

フィンはグラウニーが砂を掘るのをジッと眺めていたが、途中から海水が湧き出してしまった。

キ

『グラウニー！　どろどろだよ』

ファビアンは慌てて、グラウニーを抱き上げると海で綺麗に洗う。

「午前中、川でも同じだったんだよ……。今グラウニーが掘った穴みたいに海岸線沿いは下に水がある。だから、土の魔法体系の防衛魔法は掛けられないんだ」

海岸線の防衛策のほかに、フィンには夏休みの宿題がある。石を積むやり方では、防衛魔法の全域を強化するには労力がかかりすぎる。フィンとルーベンスの魔力では足りないし、早く他の方法を考えなければならない。

『フィン？　魔力が足りないなら、私が協力するよ』

ひと眠りして目覚めたウィニーは、フィンの悩みを察した。

『ウィニーは風の魔法体系に属しているのに、防衛魔法を強化できるの？』

『風の魔法体系しか使えないわけじゃないもの』

ウィニーの提案で、アシュレイが竜から卵を託された時に魔力を受け継いだという唄を思い出す。

「そうか！　アシュレイは竜の魔力で防衛魔法を掛けたんだ！　普通の人間の魔力では無理だものなぁ」

ファビアンには偉大な魔法使いアシュレイが普通の人間だとは思えないが、フィンの話がどう転ぶのか黙って見守る。

『名案だけど、ウィニーだって、まだ大人にはなっていないのだから、無理をしちゃあ駄目だよ』

『今すぐに敵国が攻めてくるわけじゃないだろ？　だから、まずは強化できるか試すつもりでやれば良いんじゃない？　少しだけなら多分大丈夫だよ。グラウニーが大人になってから、本格的にやればいいと思う』

ウィニーの言うこともっともだと頷き、フィンは前向きに考えることにした。

『師匠に相談して、試してみよう！』

防衛魔法を強化する方法が見つかったなら良いなぁと、ファビアンも頷いた。

夕日が空をオレンジ色に染《そ》めているのに気づいて、フィンとファビアンは慌ててウィニーに乗って、ノースフォーク騎士団に帰った。

三十二　竜の魔力

海から戻ったフィンは、防衛壁に登った。

国境線に沿《そ》って長く続いている防衛魔法を眺めて、ウィニーの協力があっても大仕事だと実感した。

「師匠に、思いついたことを相談してみよう」

協力してもらうにしても、竜が成長しきってから試した方が良いと思うのだが、ウィニーが初めての竜なので判断が難しい。フィンは防衛壁から降りて、師匠がキャリガン王太子との話し合いを終えるのを待つことにした。

「ねぇ、ファビアン。話し合いはいつ頃終わりそう？」

そろそろ夕食時なのに、団長室の中では激論《げきろん》が交わされている。部屋の前には騎士が厳《いか》めしい顔で立っているので近づけないが、時折怒鳴り声が聞こえるので、紛糾《ふんきゅう》しているのは確かだ。

サリン王国がカザフ王国の悪巧《わるだく》みに手を貸して、海賊の補給基地としてザリ港を提供すると聞いたキャリガン王太子が怒るのは当然だろう。

フィンはファビアンとこの件を話し合いたいが、ルーベンスから口止めされているのでそれはできない。政治や軍事について、まだまだ勉強しなければいけないと自分に言い聞かせた。

一方、ファビアンは団長室でどのような話し合いがされているのか知りたいと思ったが、フィンに聞くのは控えた。

（上級魔法使いの弟子として、フィンは自分とは違う立場に立っている）

騎士見習いになる自分は、団長が知らせる情報だけで判断するしかないのだとファビアンは溜め息をついた。

（ファビアンに竜の魔力を使って防衛魔法の補強《ほきょう》をすることを相談したいけど、これも上級魔法使いの秘密になるのかなぁ？　このくらいは、相談しても良いのかな？）

アシュレイのことをはじめ、同級生達にもファビアンにも言えないことがどんどん増えていっている。

フィンは師匠が上級魔法使いとして長年孤独《こどく》に耐えていたのだと悟り、だから吟遊詩人としての仮面を必要としているのだと思った。

「フィン、そろそろ夕食だけど……」

ファビアンが先に食べるか？　と尋ねようとした時、団長室の扉が開きルーベンスが出てきた。

「後は、貴方達で話し合ってください」

うんざりした顔の師匠を見て、フィンは大体の話の内容を察した。キャリガン王太子は北部の海岸線の防衛をノースフォーク騎士団に要請し、サザンイーストン騎士団との協力を命じたのだろう。それにノースフォーク騎士団が反発したのだ。

怒りと不満を抑えきれないクレスト団長とレオナール卿が、キャリガン王太子に抗議しようとしているのが、開いた扉から見えた。

「さぁ、フィン！　宿屋に帰るぞ」

フィンの肩を叩いて足早に去ろうとするルーベンスだが、クレスト団長に捕まってしまう。

「ルーベンス様、まだ話し合いは終わっていません！」

ノースフォーク騎士団は、国境線を護るのが任務だ。北部の海岸線に騎士を派遣《はけん》するだけならまだしも、前から犬猿《けんえん》の仲のサザンイーストン騎士団との協力だなんて、急に言われても困るのだ。

「ルーベンス様、まだ話し合わないといけないことが残っています」

キャリガン王太子も、一人でクレスト団長を説得するのは無理だと引き止めた。

「お前が、ウィニーを貸したりするから」

騎士団同士の確執や縄張《なわば》り争いに付き合っていられないと、ルーベンスはキャリガン王太子を連れて来るのに協力したフィンにも八《や》つ当たりをする。

レオナール卿は、理性ではサザンイーストン騎士団と協力して北部海岸線の防衛を強化しなければいけないと理解していたが、気取《きど》った海軍が嫌いだったので、こちらが優位に立っての作戦にしたいと考えていた。

「キャリガン王太子とルーベンス様がリンドンにおられるのですから、サザンイーストン騎士団のグレンジャー団長を招《まね》いて話し合いを持てばよろしいかと……」

サザンイーストン騎士団の基地があるサリヴァンではなく、ノースフォーク騎士団の駐屯地リンドンで話し合おうとするレオナール卿の考えに、ルーベンス以外の全員が賛同した。

「そうだ！　ウィニーにグレンジャー団長を連れてきてもらえば良いのだ」

キャリガン王太子の言葉を、ルーベンスは苦虫を噛み潰したような顔で聞く。

（政治のごたごたや、騎士団同士の争いなどに巻き込まれたくない。それに、確かサザンイーストン騎士団の副団長は……）

何代も当主が代わり、縁《えん》を切っているとはいえ、サザンイーストン騎士団の副団長はバーナード・マーベリック！　兄の孫といえば他人も同然だが、フィンをあの一族に近づけたくなかった。ルーベンスは、若い日に遠縁《とおえん》の娘に寝込みを襲われそうになった、苦い記憶を思い出す。

「私はバルト王国の偵察もしなくてはいけないので、そのような話し合いは貴方達でしてください」

逃げようとするルーベンスを、キャリガン王太子は逃さない。

「サザンイーストン騎士団は交易船の護衛や、首都サリヴァンの防衛には積極的ですが、北部の海岸線を真面目にパトロールするとは思えません。ルーベンス様、北部の民のために話し合いに参加してください」

海賊に襲われる可能性のある北部の寒村《かんそん》を持ち出されると、ルーベンスも弱かった。

「絶対に副団長を連れて来ないようにしてもらいたい」

話し合いの参加者は副団長の名字を頭に思い浮かべて、そう言えばルーベンスの実家だと気づいた。

「重要な話し合いだから、グレンジャー団長を呼び出すよ」

難しい顔をしているルーベンスに、キャリガン王太子はそう請《う》け合った。クレスト団長は、ファビアンに明日ウィニーで迎えに行くようにと命じる。

ファビアンはウィニーで飛行するのは歓迎だが、ノースフォーク騎士団の竜ではないし、フィンにやっと会えて喜んでいるので躊躇する。

「ウィニーが納得するでしょうか？」

フィンと離れるのを嫌がって、猛スピードで往復したばかりのウィニーが、明日またサリヴァンへ自分と一緒に飛んでくれるかファビアンは不安に思った。

「なら、フィンに……」と言いかけたキャリガン王太子をルーベンスは「駄目だ！」と遮《さえぎ》った。

「絶対に、マーベリック一族にフィンを近づけてはいけない！」

厳しい拒否の仕方に、全員が驚く。

「師匠？　何故？」

フィンは師匠が自分を親戚《しんせき》に紹介したくないのだと思い、傷ついた。弟子が誤解したのに気づいて、ルーベンスは肩を両手で掴んで、目をしっかり見て説明する。

「あの一族は権力への執着心《しゅうちゃくしん》が強い。お前を取り込んで、一族のために利用しようとするぞ！」

農民出身の自分を恥じてではなく、マーベリック一族の権力欲を怖れているからだと知って、フィンはホッとした。

「俺がウィニーとサリヴァンへ行って、グレンジャー団長を連れて来るよ。師匠の親戚には気をつけるから、大丈夫！」

フィンの言葉に苦々しい顔をしたが、ルーベンスも北部の海岸線の防衛を強化しなくてはいけないのはわかっている。渋々、フィンのサリヴァン行きを許可した。

「ファビアンに任せたら良いのに……」

宿屋に帰ってもルーベンスはぐずぐず文句を言ったが、フィンはそれより相談したい重要なことがあった。

「ウィニーが防衛魔法を強化するのを手伝うと言い出したんだ！　きっと、アシュレイは竜から譲り受けた魔力を使って防衛魔法を掛けたんだよ。だけど、ウィニーが成長しきっているか、わからないし……」

ルーベンスは話の途中で、興奮《こうふん》して独《ひと》り言《ごと》を口にし始めた。

「私はなんて間抜けなのだ！　トラビス師匠から竜の卵を孵すようにと、あれほど何度も言われていたのに！　だが、あの桜に気づかなかったら、孵せなかったのだから……」

部屋を歩きまわり、ぶつぶつとあれこれ叫んでいる。フィンはどうやら竜の魔力を利用して、防衛魔法を強化する案は正解だったようだとホッとした。

「ねぇ、師匠？　ウィニーはもう成長しきっているのかな？」

師匠が少し落ち着いてきたので、フィンは質問する。

「さあて、ウィニーはまだ成長しきってはいないのでは？　竜を見るのは初めてだが、動物は成熟《せいじゅく》したら繁殖《はんしょく》能力を持つだろうから」

「あのう……竜も交尾とかするのかな？　ウィニーが成熟しても、相手はグラウニーしかいないし、まだチビ竜だから無理だよね」

ううむ……と二人で考え込む。

「それと、他の竜の卵も孵した方が良いと思うんだ。もっと後にしたかったけど、そんなのんびりしていられる状況じゃないし……」

ルーベンスはフィンが友人達に先祖のことを打ち明ける覚悟をしたのだと察した。

「本当はキャリガン王太子に渡すべきなのかも……。ヘンドリック校長先生に言われた時は、ちょっと無理だと思ったけど……」

フィンが知られたくないという気持ちを隠してそう言ったことに気づいて、ルーベンスは自分でよく考えなさいと諭《さと》した。

「アシュレイは偉大な魔法使いだった。彼が竜との約束を弟子に託したのを、前から不思議に思っていたのだ。自分より魔力の弱い、卵を孵せるはずのない弟子に卵を渡したのは、きっとお前が弟子の弟子になると予知していたからだ。だから、竜の卵を誰に渡すか、他の人の意見など気にしなくても良い！」

フィンは、よく考えてみると師匠に返事をし、防衛魔法の話に戻した。

「防衛魔法は土の魔法体系だから、本当はグラウニーの方が上手いと思うんだ。ウィニーは自分で試してみて、グラウニーが成長してから強化したら良いと言ったんだけど、どうだろう？」

二人は夕食を食べてからも、この件を長いこと話し合った。

「まずは、ウィニーで強化できるか試してみよう。今は戦時中ではないから、短時間の強化で良いだろう。そのくらいならウィニーの成長を妨げることも無いはずだ」

「えっ？　師匠が試してみるのですか？」

フィンは、自分の宿題なのにと驚いた。

「お前も成長期じゃないか……。ウィニーやグラウニーを心配する前に、自分の心配をしなさい。無理に魔法を使ったりして、ちゃんとした大人になれなかったら、アシュレイに申し訳ない！」

師匠が自分を心から案じているのに、フィンは気づいた。その点には感謝していたが、大体ウィニーをファビアンに貸したりするからややこしい話に巻き込まれたのだ、と文句を散々《さんざん》聞かされて、その気儘さにうんざりするのだった。

「師匠～！　明日は朝早いから、もう寝ますね」

さっさとベッドに入るフィンに、バーナード・マーベリックには近づくな！　と忠告する。

「バーナードは中級魔法使いにしては、心を操る技が上手い。絶対に近づくなよ！」

フィンは、バーナードさんは中級魔法使いなんだと睡魔《すいま》に襲われながら聞いていたが、川と海に行った疲れからすぐに熟睡した。

すやすや呑気に眠るフィンの鼻の頭を指で弾いて、こんなに無防備な子どもなど、バーナードにかかったらイチコロだと心配するルーベンスだった。

三十三　サザンイーストン騎士団

翌日の朝早く、フィンはキャリガン王太子の手紙を持ってウィニーとサリヴァンへ向かった。

『フィンと長距離飛行するのは、久しぶりだね』

上機嫌なウィニーとは違い、これから身分の高いグレンジャー団長を連れて来るのかと、少し気が重いフィンだった。その上朝食の時も、珍しく早起きしてきた師匠に、副団長のマーベリックには近づくなと忠告を繰り返されたので、さらに憂鬱な気分になった。

でも、夏の朝の気持ち良い空をウィニーと飛んでいるうちに、鬱陶しい気分は吹き飛んでいった。眼下には緑の畑や山々が見え、フィンはウィニーとの飛行を楽しんだ。

首都サリヴァンに着くと、教えてもらった通り、港近くの立派な建物の中庭にウィニーを着陸させた。

「サザンイーストン騎士団に、何か用事でしょうか？」

子どもとはいえ竜に乗っているので、騎士団の衛兵達も遊びに来たわけではなさそうだと、丁寧に尋ねる。フィンはノースフォーク騎士団やウェストン騎士団とは違う、華《はな》やいだ雰囲気の建物、容姿《ようし》が整った騎士達に少し驚いた。

「私はフィンといいます。グレンジャー団長に、キャリガン王太子からの書簡を届けに来ました」

キャリガン王太子の遣《つか》いと知って、騎士達はフィンを団長室へと案内する。背の高い騎士の後ろを少し小走りになりながらついて行くが、まるで王宮のような内部だ。

「団長、キャリガン王太子からの書簡が届きました」

フィンは騎士が書簡を渡してくれるのかと思っていたが、団長室の中に通されてしまった。

グレンジャー団長は、フィンが今まで会った他の団長のような厳めしい雰囲気ではなく、どちらかと言うとハンサムな女たらしに見えた。茶色の髪の毛を伸ばして、後ろで黒いリボンで結んでいる姿は宮廷人だと言われても疑わなかっただろう。しかし、宮廷人と違って顔は日焼けしていた。

実はグレンジャー団長はウィニーが中庭に着陸した時から、ルーベンスの弟子が遣いに来たのだと察していたのだ。サリヴァンの郊外で寛《くつろ》いでいたキャリガン王太子が、竜でノースフォーク騎士団に向かったとの情報を既に手に入れていた彼は、自分を呼び寄せるつもりだと考えた。

「キャリガン王太子からの書簡？　サリヴァン郊外の離宮に、お呼びなのだろうか？」

「いえ、この書簡を読んでいただければ、わかると思います」

フィンが差し出した書簡をグレンジャー団長は受け取らず、名前は？　と質問する。

「フィンです」

ふう〜んと、面白そうに青い目を輝かせるグレンジャー団長に、フィンは書簡を突きつける。

「何故、キャリガン王太子は君に書簡を託したのだろう？　まだ子どもなのにねぇ」

嫌味《いやみ》な言葉にフィンはカチンときたが、説明するのも面倒なので無言で睨みつける。しかし団長がフッと笑うと青い目の周りに笑いジワができ、腹を立てていたフィンですら、嫌いにはなれなくなった。

「フィン君、悪かったねぇ。リンドンくんだりまで呼び出されるのが憂鬱で、少し意地悪を言ってしまった。許してくれたまえ」

まだ書簡を読んでもないのに、何故わかったんだろう？　とフィンは目をぱちくりする。

グレンジャー団長は優雅な手つきでフィンから書簡を受け取り、宝石の付いたペーパーナイフで素早く開封《かいふう》して読むと、やれやれと肩を竦めた。

「キャリガン王太子の命令なら、従わざるをえないが……。あんな田舎のリンドンで話し合わずに、首都サリヴァンですべきだろうに……」

グレンジャー団長は頭の回転が速く、人柄もどこか憎めない。フィンは、彼が見かけよりも賢いし、団長としてサザンイーストン騎士団を纏める魅力を持っているのだと見直した。それと同時に、無骨《ぶこつ》なクレスト団長とは合わないだろうとも思った。

「海軍の私に竜で飛んで来いとは……キャリガン王太子も酷いことを仰る」

そう文句をつけたが、従卒《じゅうそつ》に荷物を作れと命じる。今から荷物を準備するのかとフィンは驚いたが、従卒は船旅の準備に慣れているので、すぐに用意はできた。

しかし、その短時間の間にグレンジャー団長からフィンはあれこれと質問攻めに遭い、冷や汗をかいてしまう。その上、留守中の番をしてもらわなくてはと、マーベリック副団長を呼び出した。

(ひぇ〜! 師匠にはマーベリック副団長には近づくな! と言われてたのに……まぁ、団長さんの前だから、大丈夫だよね)

入室したマーベリック副団長は、ルーベンスに似ていた。薄い色の金髪と青い目、それに長身。同じ一族の血をフィンは感じた。

「キャリガン王太子にリンドンまで呼び出されたのだ。留守の間は貴卿《きけい》に任せる」

「それは大変ですねぇ」などと話し合っている姿は、師匠が言うほど悪い人に見えないとフィンは感じる。ルーベンスが知ったら、悪い人に見えないから注意が必要なのだ! と怒鳴りつけただろう。

「もしかして、こちらはルーベンス様のお弟子さんですか? シラス王国の守護魔法使いに弟子がいないのを、私達がどれほど心配していたか……。大変でしょうが、しっかりと修業してください」

優しい言葉にフィンは少し驚いたが、師匠からキツく言われていたので、言葉少なく「はい」とのみ答えて、ウィニーの様子を見てきますと部屋から出て行った。

「マーベリック卿、かなり警戒されていますね」

にこやかな仮面が外されスッと冷静な顔つきになり、マーベリックはグレンジャー団長の当てこすりに皮肉で返す。

「クレスト団長とキャリガン王太子はルーベンス様を味方に付けて、ノースフォーク騎士団に有利な話し合いをしたいのでしょう。しっかりとサザンイーストン騎士団の立場を主張してください。この前の王宮での会議みたいにならないでくださいね」

アシュレイの防衛魔法が無い海岸線を護るサザンイーストン騎士団の予算を増やして欲しい、との要求を却下されたのをちくちく突かれて、グレンジャー団長は眉をひそめた。

「わかっているさ！　それより、魔法学校から卒業生を引き抜く手はずを整えておくように。特に風の魔法体系に属する魔法使いは、多く入団させたい」

帆船《はんせん》は風次第なので、凪《な》いだ時や、海戦になった時に風上《かざかみ》に回り込んだりするにも、風を操れる魔法使いが乗っていると有利なのだ。

「フィンはどうやら土の魔法体系に属しているみたいですが、上級魔法使いの弟子なので風も操れるでしょう。それに、ウィニーは風の魔力を持っています」

一族のためか、サザンイーストン騎士団のためかは知らないが、フィンを獲得《かくとく》しようと野心を燃やしているマーベリック卿に、一つ忘れている点を指摘する。

「ルーベンス様が、みすみす弟子を渡してくれるとは思えないがな」

そう言い捨てて団長室から出て行ったグレンジャー団長の背中を、マーベリックは睨みつけた。

（次の上級魔法使いも、我が一族から輩出《はいしゅつ》してみせる！）

上級魔法使いを生み出した一族としての誇《ほこ》りと、そのルーベンスに弟子にしてもらえなかった敗北感とが、バーナードの心の中で燃えたぎっている。ウィニーに乗って飛び立つフィンとグレンジャー団長を窓から見ながら、一族のどの娘が相応しいかと考えていた。

ひねくれ者のルーベンスと違い、田舎の農民の子どもなど籠絡《ろうらく》するのは容易いと、バーナードはほくそ笑む。しかしながら彼は、実はフィンが頑固《がんこ》な性格だとは知らなかった。

三十四　グレンジャー団長

竜で初めて飛行するグレンジャー団長のために、途中で休憩を数回はさみながら飛び、リンドンへ着いたのは午後になった。

「北部まで半日で到着するのか……」

見かけは洒落者《しゃれもの》のグレンジャー団長だが、武人だけあって初めての長距離飛行にも疲れを見せない。海軍が中心のサザンイーストン騎士団を束《たば》ねるグレンジャー団長は、竜のスピードに感嘆した。

フィンとウィニーの機動力を真っ直《ます》ぐな言葉で褒め称《たた》えて礼を述べる。

しかし、ノースフォーク騎士団のレオナール副団長が出迎えに来たのも無視して、フィンとウィニーに長々と礼を言い続けたのには閉口した。

「あのう、御礼はもう良いです。師匠に言われて、用事を済ませただけですから。キャリガン王太子やクレスト団長がお待ちかねでしょう」

レオナール卿はフィンの心遣《こころづか》いに感謝して会釈《えしゃく》すると、おや？　そこに貴卿がおられたとは！　と惚《とぼ》けるグレンジャー団長を団長室へと案内する。

フィンは、レオナール卿がグレンジャー団長の優れた能力を見誤《みあやま》らないかと心配した。

「フィン、お疲れ様」

ファビアンに肩をポンと叩かれて、暇なら武術訓練をしようと誘われた。

フィンは話し合いが終わるのをぼんやり待っているよりは、身体を動かしていた方が良いかもと承諾する。それに、これからバルト王国に潜入調査する時のために、魔法を使わずに身を護る方法も修練《しゅうれん》したかったのだ。

フィンが騎士団での厳しい武術訓練に汗を流していた頃、団長室では話し合いが、怒鳴り合いと化していた。

「海岸線の防衛は、元々サザンイーストン騎士団の任務ではありませんか！」

のらりくらりと人手《ひとで》不足を説明するグレンジャー団長に、無骨なクレスト団長がキレてしまったのだ。キャリガン王太子とレオナール卿は、グレンジャー団長の手の内に嵌《は》まっては駄目だと舌打ちしたい気分だった。

「グレンジャー団長、ザリ港を海賊達が補給基地として使うなら、北部の海岸線もパトロールしなくてはいけないのは明白だろう」

キャリガン王太子は、クレスト団長がレオナール卿の目配《めくば》せで気を静めている間に、道理を説《と》こうと頑張っていた。しかし、曲者《くせもの》のグレンジャー団長は予算を増やしてもらえなかった件を持ち出して、のらりくらりと北部までパトロールができない言い訳を繰り返すだけだ。

「ああ！　もう沢山だ！　カザフ王国とサリン王国が結託《けったく》して海賊達を支援し、バルト王国を滅ぼそうとしているのに、騎士団同士が争っている場合か」

短気《たんき》なルーベンスは、グレンジャー団長がゴネて予算を獲得しようとしているのが目に見えていると怒り出す。

「長年シラス王国を守護されているルーベンス様がお怒りになるのはわかりますが、東南貿易の航路を護らなくてはいけないのも確かなのです。北部の海岸線をパトロールしたくても、軍艦《ぐんかん》には限りがあるので……」

ぺらぺらと弁解を述べていたが、ギロリとルーベンスの青い目に睨まれて黙る。

キャリガン王太子は、やはりルーベンスに王宮での会議にも出席してもらいたいと、心の底から思った。百年近くも防衛魔法を維持して、シラス王国を守護している重みが、饒《じょう》舌《ぜつ》なグレンジャー団長の舌をも止めたのだ。

「全部の艦を北部に回せとは、誰も言っておらんだろう。ノースフォーク騎士団と協力して、北部の民を護るのだ」

ルーベンスは言うことだけは言ったと、ソファーに背を預けて目を瞑ってしまった。後はキャリガン王太子がクレスト団長とグレンジャー団長を相手に、少しずつ妥協点《だきょうてん》に近づけさせていった。

「やれやれ、初めからまともに話し合えば良いものを……」

どうにか北部の防衛案が纏まったので、ルーベンスはよっこらせとソファーから立ち上がる。こんな騎士団同士の権力闘争など御免だと、立ち去ろうとした。

「ルーベンス様、少しお待ちください」

しかしグレンジャー団長は折角のチャンスを逃すつもりはなかった。

「今日は弟子のフィン君に、ウィニーでサリヴァンから半日もかけずにリンドンまで連れて来ていただきました」

ルーベンスはグレンジャー団長の話がどこへ行くのかがわかり、苦虫を噛み潰したような顔をする。

「ノースフォーク騎士団には、こちらにおられるレオナール卿の御子息《ごしそく》ファビアン君が入団されるとか」

にこやかに笑っているが、青い目が冷たく煌《きら》めいている。キャリガン王太子も、グレンジャー団長が何を口に出そうとしているのかを察して、話を遮った。

「まぁまぁ、グレンジャー団長も長旅で疲れただろう。さぁ、夕食にしよう！」

竜をサザンイーストン騎士団にも与えて欲しいという話の腰を折られたが、立ち直りの早いグレンジャー団長はにこやかに夕食の席に着いた。

ルーベンスは、竜の卵をめぐって騎士団や貴族達が争奪戦《そうだつせん》を始めているのに気づいて、とっとと逃げ出したくなったが、キャリガン王太子とクレスト団長に捕まり、鬱々としながら夕食をつついていた。

キャリガン王太子と上級魔法使いのルーベンス、そしてライバル騎士団の団長を迎えての夕食会は、質実剛健《しつじつごうけん》なノースフォーク騎士団にしては豪華《ごうか》な内容だった。脂《あぶら》の乗った子豚の丸焼きはジューシーだったし、赤ワインはクレスト団長の秘蔵《ひぞう》の絶品《ぜっぴん》だった。

ルーベンスは、皿にサービスされた子豚は無視して、芳醇《ほうじゅん》な赤ワインのみをぐびぐび飲んでいた。

「おや、ルーベンス様は子豚を食べられないのですか？　この子豚はとっても美味しいですよ。ノースフォーク騎士団はよろしいですよねぇ、このような美味しい食事がいつでも食べられて。私達は海に出たら、乾《かん》パンをお茶に浸《ひた》して食べられたら良い方ですから」

クレスト団長は日頃は質素な食事だと怒鳴りたくなるのを堪え、拳《こら》をギュッと握り締めた。

キャリガン王太子は話し合いで疲れたので、この程度の嫌味は無視して、子豚と赤ワインを楽しむ。

「そろそろ、私は宿屋へ帰らせていただこう」

キャリガン王太子ほど団長同士のいがみ合いに慣れていないルーベンスは、食欲を削《そ》がれてしまい、折角の上等な赤ワインに悪酔《わるよ》いしそうな気分になる。しかし、その宿屋という言葉に、グレンジャー団長は飛びついた。

「おやおや、上級魔法使いのルーベンス様を泊める部屋も無いのですか？　では、不肖《ふしょう》私がルーベンス様と同じ宿屋に泊まって、護衛の真似事でもいたしましょう」

ナプキンで口を拭《ぬぐ》うと、ルーベンスの後を追いかけようと席を立つ。一瞬、呆気《あっけ》に取られたクレスト団長だったが、グレンジャー団長の無礼《ぶれい》な言葉に真っ赤になった。

「グレンジャー団長！　部屋なら何部屋でもありますぞ！」

「そうですか？　それは失礼いたしました」と肩を竦めて謝ると、にっこり笑ってルーベンス様のお宿に泊まりますと出ていく。

真っ赤な顔で口をぱくぱくさせているクレスト団長を、残されたレオナール卿とキャリガン王太子が宥めた。

「ルーベンス様は、グレンジャー団長に負けたりしませんよ……」

レオナール卿はそう口にしながらも、グレンジャー団長が狙っているのは、ルーベンスではなくフィンなのでは？　と危惧していた。

「ルーベンス様は誰に何を言われようと、動じたりなさらないが……」

キャリガン王太子も、着飾ったシーウルフに、純朴《じゅんぼく》なフィンが太刀打《たちう》ちできるのだろうか？　と心配な顔をした。

三十五　リンドンの宿屋で……

フィンは、自分達の後ろから付いて来るグレンジャー団長が気になって仕方ない。

「師匠？　グレンジャー団長は……」

ギロリと睨まれて、フィンは口を閉じる。自分が気づいているのに、師匠が気づいていない訳がなかった。

「フィン、食事は済んだのか？　なら、先に宿屋に行って部屋に入っていなさい」

ルーベンスはグレンジャー団長が何を目当てに付いて来たのか察していた。

（頑固で有名な自分を狙ってのことではないだろう。若いフィンなら、言いくるめられるとでも考えたのか？）

グレンジャー団長は、ルーベンス様はガードが堅《かた》いな、と肩を竦めた。

「ノースフォーク騎士団に泊まったらどうだ」

ギロリと青い瞳に睨まれても、にこやかにルーベンス様と同じ宿屋に泊まりますと受け流す。

「おお〜い、そろそろ唄ってくれないか？　あれ？　今夜は、弟子は居ないのかい？」

グレンジャー団長は、上級魔法使いのルーベンスが、気儘さを発揮して吟遊詩人の真似事をしているという情報を手に入れていたので、驚かない。

「私もルーベンス様の唄を聞きたいですね」

ルーベンスは騎士団長が泊まるような宿屋ではないと追い払おうとしたが、それを言うなら上級魔法使いの泊まる宿でもないのだ。

「私のことを一言でももらしたら、沼《ぬま》に生きる蛙《かえる》に変えてやるぞ！」

ルーベンスの言葉にくすくす笑いながら、ハエを食べるのは御免ですねと肩を竦めた。

宿屋の主人に一番良い部屋を用意させているのを見ているだけで腹立たしく思うが、食堂には唄を楽しみに客が集まっている。

ルーベンスは自分の唯一の気晴《きば》らしを、グレンジャー団長に邪魔された気分になった。

「お〜い、『可愛いウィニー』を唄ってくれよ！　今日、竜を見たんだ」

リクエストに応えて、ルーベンスは『可愛いウィニー』を演奏する。集まった客達は、演奏に合わせて単純な歌詞を唄い、酒を酌《く》み交わす。

グレンジャー団長は少し後ろの席で、この宿屋で一番上等な酒を飲みながら、ルーベンスの唄を聞いていた。

（この唄は、ルーベンス様が竜を民衆に親しみ易《やす》くするために作曲されたのだな。師匠が演奏しているのに、弟子は休憩かな？　降りて来てくれれば、少し話をしたいのだが……）

下の食堂から『可愛いウィニー』の唄が聞こえてきて、フィンは師匠が吟遊詩人の営業を始めたのに気づいた。

「どうしよう……師匠が働いているのに、俺が呑気に休んでいて良いのかな？　サリヴァンへ往復したけど、そんなに疲れてないし……」

初めは嫌がっていた吟遊詩人の弟子だが、近頃は師匠が楽しんでいる理由も理解していた。

「師匠を一人にしたら、お酒を飲みすぎるから……」

見張《みは》っていれば、少しは深酒を止められるかもしれないと、フィンは楽器を抱えて下へ降りていく。

（あの馬鹿者が！　部屋にいろと言ったのに……ほら！　グレンジャー団長に捕まった）

後ろの方の席に陣取《じんど》ったグレンジャー団長が早速フィンに話しかけているのを見て、ルーベンスはハラハラしながら演奏する。

「フィン君、お酒はまだ早いよね？　では、リンゴジュースでもどうだい？」

指をパチンと鳴らして、宿屋の女中を呼び寄せる。

「いえ、師匠が演奏しているのに、俺が呑気に遊んでられません」

ペコリと頭を下げてルーベンスの方へ歩いていくフィンに、グレンジャー団長はチェッと舌打ちしたい気持ちだが、女中にチップを渡して酒のお代わりを頼む。

ルーベンスは、サッサとグレンジャー団長から離れて自分の横に来たフィンに、ホッと安堵した。

「部屋にいろと言ったのに……」

曲の合間に一言注意したが、目を離すと酒を飲み過ぎるからと、逆に弟子から小言をもらってしまった。客達から次々とリクエストが掛かり、ルーベンスとフィンは演奏していく。

（やれやれ、フィン君にサザンイーストン騎士団に興味を持たせようとしたけど無理みたいだな）

グレンジャー団長は副団長のマーベリックが何を考えてフィンを取り込もうとしているかは承知しているが、ルーベンスとの師弟の絆の深さを見抜いて難しいなぁと溜め息をつく。

客から渡されたジョッキを飲んでいるルーベンスを、フィンが横からあれこれと注意している姿に、蛙に変えられても知らないぞと苦笑する。

(まぁルーベンス様が、百年も待った弟子を蛙に変えたりしないだろうけどね。それにしても、フィン君がノースフォーク騎士団のレオナール卿の領民だったのは痛いなぁ。息子のファビアン君とも仲が良さそうだし……。サザンイーストン騎士団の子息や、騎士団付きの魔法使いの子息で魔法学校に在籍している者はいなかったかな？)

竜の世話係は確かウェストン騎士団の鷹匠だったはずだ。演奏を楽しみながらも、少し出遅れている感があると、グレンジャー団長は色々考えていた。

夜も更《ふ》けてくると、夫婦者や恋人同士で唄を楽しみに来た客は帰っていき、酔っ払った男達だけになってきた。

そろそろ上品とは言えない曲のリクエストが増えてきたので、グレンジャー団長は二階の部屋へと引き揚げた。航海で色んな港の酒場を訪れるので、ここより低俗《ていぞく》な唄を聴いた経験は山ほどあるが、ルーベンスが弟子のフィンにはまだ早いと考えているのを汲《く》んだのだ。

自分を警戒してまだフィンを近くに置いているが、恐らくフィンには下品《げひん》な曲を聞かせたくないはず。リクエストの中から下品でない曲を選んで演奏している様子に、過保護《かほご》だなぁと内心で笑いながら部屋に戻った。

（ルーベンス様は夜遅くまで演奏したら、朝は寝坊するだろう）

初めての竜での飛行で少し疲れたグレンジャー団長は、朝に備えることにしてベッドに入った。

「やれやれ、やっと引き揚げてくれた。フィン、お前もサリヴァンへの往復で疲れただろう、先に休みなさい」

フィンは自分がいなくなっても、飲み過ぎないでくださいねと言いおいて部屋に行く。下から少し下品な曲が聞こえてきて、フィンはやれやれと肩を竦める。

「師匠って、俺がこのくらいの曲で驚くと思っているのかな？　まぁ、確かに上品じゃないけど……」

来年には十四歳になるというのに、いつまでも子ども扱いなのだからと不満を持ちながら、フィンは眠りに落ちた。

三十六　バルト王国へ行く前に……

明《あ》くる朝、グレンジャー団長の予想通りにルーベンスは寝坊した。

「おはようございます」

朝食を取りに下に降りてきたフィンを見て、グレンジャー団長はほくそ笑む。

「フィン君、ここで一緒に食べよう。一人で食べるのは、味気《あじけ》ないからね」

強引《ごういん》に同じテーブルに座らされたが、フィンは食べるのに集中する。

「若い子は、凄く食べるのだね」

旺盛な食欲でぱくぱく食べるフィンに、流石のグレンジャー団長も話ができない。

「ご馳走さま、ウィニーの様子を見に行かなきゃ」

空《から》の食器を持って席を立つところを、どうにか引き止める。

「私もノースフォーク騎士団へ行こう」

女中にチップを渡すと、フィンと一緒にノースフォーク騎士団まで機嫌良さそうに付いて行く。

「フィン君はリンドンの近くのレオナール領が出身なのだよね」

気持ちの良い朝だが、グレンジャー団長が何の目的で自分に話しかけているのかフィンは不安になり、「ええ、そうです」と言葉少なに答えた。

「レオナール卿の子息のファビアン君とは親しいみたいだね。彼はノースフォーク騎士団に入団するみたいだが、その時は竜も一緒なのかな?」

やはり竜の件だと、フィンは返事に困って歩くスピードを上げるが、長身の軍人は楽について来る。

「竜の卵の件は、師匠に聞いてください」

つれない返事だが、グレンジャー団長は、ルーベンスが竜の卵をファビアンに与えたとは考えていなかった。

(どう考えても、フィンが竜の卵をファビアンにやったとしか思えない。フィンが決定権を持っているのだ。でも、それは何故だろう?)

魔法使いではないグレンジャー団長は、この件はマーベリック副団長にアシュレイ魔法学校を探らせようと思い立つ。

(フィンはルーベンス様と違い、家族や友達を大切にしそうだ。魔法学校の友達がサザンイーストン騎士団に入団すれば……)

平民であるフィンが、貴族の多い魔法学校で入学当時『落ちこぼれ』と馬鹿にされていたのは聞いている。フィンが上級魔法使いの弟子になってからは、表立って馬鹿にする者はいないだろうが、初めから仲の良かった人物の方が良いはずだ。

「フィン君は折角の夏休みなのに、師匠のお供ばかりだね。私が学生の頃は、友達と遊んだものだ。家族と離れて、友達の家で夏休みを過ごしたりしたよ」

フィンは貴族の友達の屋敷で過ごすのは窮屈そうだと、頭を横に振った。

「俺は師匠のお供で満足しています」

サリン王国ではミランダ姫の駆け落ち騒動に巻き込まれかけたり、密偵の疑いをかけられたりしたが、フィンは情報を得られたので満足していた。

（これから、バルト王国にも潜入調査しなきゃいけないんだ）

シラス王国の北西に広がる草原を思い、フィンは足を速める。

どうも勝手が違うなぁと、グレンジャー団長はフィンが何に興味を持っているのか掴みかねる。ノースフォーク騎士団に着くや否や、フィンがウィニーのもとへ駆けていくのを見て、竜に興味があるのはわかったが、それこそ自分には手が届かない物だと溜め息をついた。

「おはよう！　バースさん」

食事中のウィニーとグラウニーの邪魔をしないように、フィンはバースと少し相談をする。

「キャリガン王太子とグレンジャー団長をサリヴァンまで送って行かなきゃいけないんだけど、三人乗りは無理だよね」

バルト王国に潜入調査する前に、防衛魔法を竜の魔力で強化できるか試してみたいし、首都まで二往復するのが無駄に思えた。

「ウィニーは身体も大きく成長しているから三人でも大丈夫だろうが、いきなり長距離飛行で試すのはどうだろう？　それも、キャリガン王太子を乗せてだからなぁ」

バースの言葉で、鞍も二人乗りだし、乗り心地《ごこち》が悪いから無理だなと諦める。

『フィン、おはよう』

朝から小型の鹿をバリバリと丸かじりしていたウィニーは、満足そうに長い舌で鼻や顔についた血を舐めながら挨拶する。

『おはよう、ウィニー！　凄い食欲だねぇ』

小型の馬なみに成長したウィニーは、毎日食事を取る方法と、纏めて食べて数日は食べない方法とをバースと試していた。

『バースは、大型肉食獣は毎日は食事をしないと言うんだ。で、一気に食べて、何日ぐらい平気か試しているんだけど……本当は毎日食べたいな』

それでもウィニーには潜入調査に付いて行きたいという望みがあるので、頑張ってバースと色々試しているのだ。

『成長期が過ぎたら、上空からの偵察くらいはできるかもね。そのためにも、夜間《やかん》でも位置がわかるように、先に陸でしっかり偵察しておくよ』

サリン王国の首都にならウィニーで飛行すれば一日で着ける。夜間に飛行して、ソッと偵察して帰ることも可能だとフィンは考えた。

『フィンと一緒に偵察に行きたいな！』

それでも数日は絶食《ぜっしょく》になるし、待機している間は姿を消す魔法を掛けたままでいなければいけない。

『俺もウィニーも、もっと色々学ばなきゃね。まずは、離れていてもお互いを信じることだよ』

ウィニーはフィンがまた自分を置いて、どこかへ潜入調査するのだと悲しくなった。

『まだ一週間は経っていないよ』

フィンはウィニーの頭を撫でてやりながら、キャリガン王太子とグレンジャー団長をサリヴァンまで送らなきゃいけないし、防衛魔法の強化の実験もするから、まだここにいるよと慰める。

三十七　げ、げ、げ……アンドリュー殿下《でんか》！

『サリヴァンにはフィンと行きたい！　だって、またどこかへ行っちゃうんだもの』

キャリガン王太子とグレンジャー団長をサリヴァンに送って行くのを、クレスト団長から頼まれたファビアンだったが、ウィニーに断られてしまった。

「では、フィン君、お願いできるかな？　一刻も早く北部の海岸線をパトロールしてもらいたいのだ」

フィンは師匠からマーベリック副団長には近づくなと注意を受けていたが、またバルト王国に潜入調査に行くので、今はウィニーの気持ちを優先したかった。

「私はあと一日残って、ノースフォーク騎士団の海岸線パトロール計画を話し合う。父上への報告書はグレンジャー団長に言付けたが、離宮にいるグレイスに手紙を届けておくれ」

突然竜で出かけたので心配しているだろうと、キャリガン王太子からグレイス妃への手紙を託された。明日帰るのに手紙をわざわざ書いた王太子は優しいなと、フィンは微笑んでポケットに入れた。

『さぁ、サリヴァンへ出発だ』

グレンジャー団長との飛行は順調で、昼過ぎにはサザンイーストン騎士団に到着した。

「フィン君、少し休憩していかないか?」

ルーベンスの居ない場所で、フィンのことを色々と知りたいと思ったグレンジャー団長だが、グレイス妃に手紙を渡さないといけないからと飛び去られてしまった。

「フィン君に警戒されていますね」

出迎えのマーベリック副団長にからかわれて、グレンジャー団長は肩を竦める。

「やれやれ、キャリガン王太子に北部の海岸線をパトロールするように命じられたよ。海賊達はサリン王国の港も補給基地にできるそうだぞ！」

「それはサリン王国が、海賊に私掠船の許可を与えたということですか！　そんなことになったら北部もですが、東からサリヴァンへ向かう商船も餌食《えじき》になります」

流石にマーベリック副団長も真剣な顔になって、対応策を練《ね》るためにグレンジャー団長と一緒に王宮へ向かった。

『あっ！　あの建物が離宮だよ』

ファビアンとキャリガン王太子を迎えに来たことがあるウィニーに教えてもらって、迷わずに離宮の庭に舞い降りた。

『ウィニー、ちょっと待っていてね。手紙を渡してくるから』

グレイス妃に直接渡すつもりなどフィンにはなかったが、竜好きのアンドリューが庭にウィニーが舞い降りたのに気づかないわけがない。

『ウィニー！　よく来たね～！』

玄関からアンドリューが駆け出して来て、召使いに渡そうと考えていたフィンは少し困惑した。

『アンドリュー！　久しぶりだね～』

チビ竜の時によく遊んでもらったので、ウィニーはアンドリューが好きだ。アンドリューがウィニーの首に抱きついているのを見ると、フィンは残っている竜の卵が欲しいんだろうなぁと溜め息が出そうになる。

「アンドリュー殿下、このお手紙をグレイス妃にお渡しください」

アンドリューは『殿下』と付けられて不満に思ったが、アシュレイ魔法学校の外なので仕方ないと我慢した。

「手紙を父上から言付かったのなら、母上に直接渡した方が良い。返事を届けて欲しいと願われるかもしれないからな……そうだ！　父上はいつお戻りになるのだ？」

明日帰るのに返事など要《い》らないだろうとフィンは思ったが、アンドリューに強引に離宮の中まで連れていかれる。

「まぁ、貴方がフィンなのですね。アンドリューがいつもお世話になっています。これからも、仲良くしてやってくださいね」

綺麗で優しげなグレイス妃に、フィンは真っ赤になって、キャリガン王太子からの手紙を渡す。

「まぁ、少し待ってくださるかしら。返事を届けて欲しいのです」

ほらね！　とアンドリューに笑われる。二人でお茶を飲みながら待っていると、そこにラッセルが訪ねてきた。

「アンドリュー様、ご機嫌は如何《いかが》ですか？　おや、フィン！　一体、何故ここにいるのだい？」

アンドリューは、ユリアンが今日は親戚の集まりで離宮に来られないので、従兄弟《いとこ》のラッセルを呼び出していたのだ。

「いやあ、キャリガン王太子の手紙を届けに来たんだ。それより、ラッセルは何故？」

アンドリューは飛び級するために、夏休みもユリアンと勉強していた。本当はラッセルにわからない箇所《かしょ》を教えてもらう予定だったが、フィンには飛び級できてから伝えたかった。

「ラッセルは従兄弟だから、時々は遊びに来てくれるのだ」

必死に勉強しているのを誤魔化そうと、アンドリューは慌てて話に割って入った。

「ひぇ〜！　ラッセルって名門貴族なんだねぇ〜」

フィンがラッセルと仲良く話しているのが、アンドリューには寂しかった。

絶対に飛び級して、フィンと同級生になってやる！　決意を固めたアンドリューの視線を感じ、嫌な予感でぶるぶるっと身震いした二人だった。

「ねえ、フィン！　待っている間に、ウィニーに乗せてくれない？」

「アンドリュー様！　ウィニーはリンドンとサリヴァンを往復するのですよ。疲れてしまいます」

ラッセルも魔法学校ではないので『様』とは付けるものの、口調には年長の従兄弟の気安さが表れている。

「少しくらい大丈夫だよ」

きらびやかな離宮のサロンで待っているより、アンドリューを乗せて飛行している方が気楽だとフィンは立ち上がった。

『ウィニー、少し乗せてもらっても良いかな?』

首に抱きついて、アンドリューはウィニーに頼み込む。

『できたら、私だけで飛行したいのだけど……』

ラッセルが駄目だ! と言う前にウィニーが断った。

『フィンはまたどこかに行っちゃうんだ。だから、一緒にいられる時はフィンと飛行したい。留守番の時なら、アンドリューと飛行しても良いよ』

ラッセルはフィンが夏休み前に、サリン王国やバルト王国の曲を練習していたのを思い出して、ピンときた。

『えっ? じゃあウィニーはずっとお留守番なの? 飛行訓練とかしなくて良いの?』

アンドリューは、未だ学生のフィンが潜入調査をしているとは気づかないで、ウィニーが留守番をしているということに気をとられた。

『飛行訓練はファビアンとしているよ。でも、私と飛行する時間が多くて、グラウニーに気の毒なんだ。グラウニーはまだチビ竜だから、いっぱい遊びたい時期だもの』

何だか話が危険な方向へと進んでいると思って、フィンとラッセルはさぁ、乗ろう！とアンドリューを促す。

『グラウニーが可哀想だよ！　そうだ、ファビアンが忙しい時は私がグラウニーの面倒を見るよ！　それに、ウィニーとも飛行訓練できるし、リンドンで夏休みを過ごそう！』

「げ、げ、げ……アンドリュー殿下！　それは困ります！」

フィンとラッセルは、必死で止めた。

「グレイス叔母様に、止めてもらおう！」

フィンが何を言おうと、アンドリューが聞きそうにないので、ラッセルは離宮の中に入ってグレイス妃に頼み込んだ。

「まぁ！　アンドリューがそのようなことを……我が儘だったあの子が！　この夏休みも、ユリアンと真面目に勉強や武術の稽古《けいこ》に励んでいたのです。魔法学校に入学してからのアンドリューは見違えるほどに立派になりました」

チビ竜の面倒を見たいだなんてと、感動しているグレイス妃を、ラッセルは必死に止める。

「叔母様、ノースフォーク騎士団は規律も厳しいし、アンドリュー様には我慢できないでしょう。それに、一人で夏休みを過ごさせるのは不安ですよ」

それもそうだわ、とグレイス妃は綺麗な眉をひそめる。

「アンドリューを一人でリンドンへ行かせるのは心配ですわね。では、貴方が同行して監《かん》督《とく》してください。あっ、ユリアンも後から行かせようかしら？」

冗談でしょう？　と、ラッセルは抵抗したが、笑顔のグレイス妃に逆《さか》らえるものではない。グレイス妃がキャリガン王太子への手紙に、アンドリューのノースフォーク騎士団への滞在について書き足している間に、侍従達が着替えを衣装箱《いしょうばこ》に纏めた。

「まぁ、キャリガン王太子が止めてくださるかも……」

衣装箱をウィニーに括り付けながら、フィンは望みをかけた。

「絶対にキャリガン王太子に止めさせてくれよ！　折角の夏休みなのに、アンドリュー様のお守《も》りは嫌だよ」

ラッセルも真剣に頼んだが、フィンはもっと深刻だった。ファビアンとアンドリューがリンドンで夏休みを過ごすだなんて、考えただけで逃げ出したくなる。

三十八　それどころでは無い！

フィンは上機嫌なアンドリューと共にリンドンへと向かった。

確かに留守中はファビアンにウィニーの飛行訓練を任せていたので、グラウニーには寂しい思いをさせていたが、アンドリューがノースフォーク騎士団に馴染めるとは思えなかった。

（きっとキャリガン王太子が、止めてくださるだろう）

そう思いながらリンドンに着いたが、期待は裏切られた。

「父上〜！　母上からの手紙です」

ウィニーからアンドリューが降りて来たのに、キャリガン王太子は驚いた。

「アンドリュー、まさかフィンに我が儘を言ったのではなかろうな」

違いますよ、と言って早く手紙を読むように急かす。キャリガン王太子はグレイス妃からの手紙を読んで、少し考え込んだ。

「父上、夏休みの残りをノースフォーク騎士団で過ごして良いでしょ。ウィニーと飛行訓練できるし、グラウニーとも遊んであげられる。それに、武術訓練や勉強もちゃんとしますから」

竜の機動性《きどうせい》にはキャリガン王太子も一目《いちもく》置いていたし、アンドリューが竜に夢中なのも知っていた。しかし北の国境線を護るノースフォーク騎士団には、北東部の海岸線をパトロールする任務が加わったのだ。

「ノースフォーク騎士団は、子どもの遊ぶ場所ではない」

フィンはキャリガン王太子が断ってくれるのだとホッとしかけたが、間違いだった。

「父上、わかっています！」

「見習い騎士と同じ暮らしができるのか？　武術訓練は半端《はんぱ》ではないぞ」

アンドリューは父上が認めてくれそうだと察して、はい！　と元気よく返事をする。

「ええ〜！　キャリガン王太子、よろしいのですか？」

フィンは慌てて口を挟んでしまったが、クレスト団長やレオナール副団長は困惑しながらも、黙って受け入れるしかなかった。

「アンドリューも、いずれはこの国を護っていかなくてはいけないのだ。ノースフォーク騎士団で厳しく鍛えてもらうのは、有意義なことだろう」

ファビアンは父上が世話係を押し付けてくるだろうと察して、天を仰いだ。

「クレスト団長、世話係としてラッセルとユリアンが来る。ラッセルは私と交代で、明日到着するだろう。この忙しい時期に悪いが、他の見習い騎士と同じ待遇《たいぐう》で良いので鍛えてやってくれ」

子守で大変だなぁと、フィンはラッセルを気の毒に思ったが、自分もそれどころではないので肩を竦めるだけだ。

「おい！　フィン、なんだってアンドリュー殿下を連れて来たんだ」

ファビアンに文句をつけられても、グレイス妃に言ってくれと遮った。

「そんなことより、明日キャリガン王太子を送って行って、ラッセルを連れて来たら、防衛魔法を竜で強化……」

ハッと口を閉ざしたが、ファビアンは上級魔法使いの弟子のフィンが、防衛魔法を強化しようとしているのだと察して驚いた。

「この前はサリン王国へ、今度はバルト王国へも行くんだよな。アンドリュー殿下の世話係どころの騒ぎじゃないな」

防衛魔法の強化に竜をどのように使うのか、ファビアンは聞きたくて仕方無かったが、自分とフィンの立場は違うと我慢する。ノースフォーク騎士団の見習い騎士になる覚悟を固めたのだ。

「ラッセルはアンドリューの扱い方を心得ているよ。それに、ユリアンは級長だし、幼なじみだから、世話係はお手のものさ」

ファビアンは、それは助かるなと力無く答えた。初等科生を三人も面倒みるのかと、見習い騎士の修業の多難《たなん》さに溜め息をつく。

アンドリューをノースフォーク騎士団に置いて、フィンはリンドンの宿屋に帰った。流石に夕方なので、師匠も起きていた。

「えらく遅かったではないか。まさか、サザンイーストン騎士団で引き止められていたのではあるまいな」

師匠に、食事は取ったのですか？　と小言を言いながら、アンドリューがノースフォーク騎士団にやって来た件を報告した。

「やれやれ、我が儘殿下には困ったものだ。しかし、ウィニーやグラウニーのためには良いかもしれないな。ラッセルやユリアンには迷惑だろうが、良い経験になるだろう」

昔の貴族の子息は国を護るために厳しく育てられたものだと、ルーベンスは語る。今時の軟弱《なんじゃく》な風潮《ふうちょう》は嫌いなので、この教育方針には賛成だ。騎士団の迷惑などは気にしない。

「それより、竜の魔力で防衛魔法を強化する実験はいつしますか？　明日はキャリガン王太子をサリヴァンへ送っていくし、明後日《あさって》でしょうか？」

「そうだなぁ、ウィニーに無理はさせたくないが、バルト王国にも早く行きたいし」

カザフ王国とサリン王国に挟み撃ちにされそうなバルト王国に、何か警告を与えたいとルーベンスとフィンは考えていた。

防衛魔法の強化の実験を後回しにしようかともルーベンスは迷うが、高齢な自分が万が一の時には、フィンしか背負《せお》う者がいないのだ。竜で防衛魔法を強化できれば、自分が亡くなった後に残されるフィンの負担を減らせるだろう。

「明後日、実験してみよう。上手くいったら、バルト王国へと出立《しゅったつ》だ」

フィンは、アンドリューを押し付けた結果になったファビアンやラッセルに気の毒だとは思ったが、それどころではないのだと気持ちを切り替えた。

ルーベンスはフィンがこの夏休みで、身体も精神的にも成長したのに気づいたが、まだ十三歳なのだと可哀想に思う。

（バルト王国から戻ったら、少し家族の元に帰してやろう）

師匠の想《おも》いには気づかず、フィンはどのように竜で防衛魔法を強化するのかに意識を向けていた。

三十九　竜との約束

キャリガン王太子をサリヴァンに送って行き、グレイス妃にアンドリュー殿下のお守りを頼まれたラッセルをリンドンに連れてきた。

「ラッセル！　よく来てくれたな」

半日でアンドリュー殿下のお守りに疲れたファビアンが、ラッセルを熱烈に歓迎しているのを、フィンは苦笑して眺める。

『フィン……明日の実験が終わったら、またどこかへ行っちゃうんだろ』

ウィニーの鞍を外していたら、ドンと頭を胸に押し当ててきた。拗ねているのだ。

『ウィニーが疲れてないなら、これから海水浴に行こう！』

海水浴は楽しいが、フィンが自分を置いて行くのは寂しい。ウィニーは一瞬迷った。

『海水浴に行こう！』

海水浴に行かなくてもフィンが出かけてしまうなら、せめて楽しみたいとウィニーは考えた。グラウニーが海水浴と聞いて、パタパタとファビアンの元に飛んで行って騒ぐ。

『ウィニーと海水浴に行きたい！　ファビアンも行こうよ～』

ファビアンはアンドリュー殿下の世話で、海水浴どころではないと断ろうとしたが、当の本人が聞きつけて騒ぎ出す。

「竜と海水浴かぁ～！　それは面白そうだなぁ！　ファビアン、私も行ってみたい」

グラウニーも『海水浴！』と騒ぐので、ファビアンは負けてしまった。

結局、ウィニーは海と駐屯地の間を二往復しなくてはいけなくなったが、大好きなアンドリューやラッセルと一緒に海水浴ができるので気にしない。

ひとしきり海で泳いだフィンは、砂の上にラッセルと座って、グラウニーに泳ぎ方を教えているファビアンとアンドリューを眺める。

「グラウニーは泳ぐのが下手みたいだね」

バシャバシャと水を跳ね返しているが、溺れているようにしか見えない。

「ウィニーも初めはあんな感じだったよ」

ウィニーも海水浴を楽しんで、今は温かな砂の上で眠っている。

「なぁ、フィンはどこかへ行くんだよな。気をつけて、行ってこいよ」

ラッセルが、自分と師匠が潜入調査をしているのに気づいているので、フィンはサリン王国でのミランダ姫の駆け落ち騒動に巻き込まれた件などを話したくなったが、グッと我慢した。

「ラッセル、アンドリュー殿下のお守りと、ウィニーとグラウニーの世話を頼むね。ファビアンは見習い騎士としての武術訓練で忙しいだろうから。あっ、馬が竜に怯えない魔法を、ファビアンから教えてもらってね」

ラッセルはやれやれとフィンの言葉を聞いていたが、馬が竜に怯えないようにする魔法には興味を引かれた。

「どうやって、馬達を宥めるのかな？」

フィンはファビアンに習えばよいと思ったが、ウィニーが起きるまでは暇なので、教えてみる。

「ここには馬が居ないから実演はできないけど……馬の心に平安を送り込むんだ」

簡単そうに言うけど、それは土の魔法体系の上級魔法じゃないかと、ラッセルは溜め息をつく。

「私は土の魔法体系は苦手だ」

肩を落とすラッセルに、卵を渡そうと考えているのに苦手では困る、とフィンは焦った。

「ラッセルなら大丈夫だよ！　ほら、こうするんだよ〜」

竜舎で寛いでいるという暗示を眠っているウィニーに送り込んだものだから、ぐっすりと熟睡してしまった。

「おいおい、フィン！　夕食に間に合うんだろうなぁ」

海から上がってきたファビアンは、アンドリュー殿下と食事をするクレスト団長を待たせたら悪いと心配する。

「ウィニーが起きたら、ファビアン、アンドリュー、ラッセルで帰ってよ。駐屯地くらいまでなら、三人でも大丈夫だろうから。着いたら、ウィニーに海岸まで迎えに来てもらうよ」

それなら、どうにか夕食に遅れなくて済みそうだとファビアンもホッとした。

「しかし、ウィニーに何の魔法を掛けたんだ？」

揺すっても起きないほど爆睡《ばくすい》しているウィニーに、フィンは何をしたのかとアンドリューは不審に思った。ラッセルも技の凄い掛かり具合に、流石はルーベンス様の弟子だけあると感嘆しつつも、まだフィンも失敗するのだと笑った。

『ウィニー！　起きてよ〜』

フィンはウィニーを揺するが、すぅぴぃと寝息を立てている。

『ウィニーは起きたくないんだ。フィンと離れたくないから……』

グラウニーはファビアンの肩に止まって、ウィニーの気持ちを教える。

『ウィニー、今夜は寝るまで、竜舎にいてあげるから』

今までウィニーは嘘をついたことは無いのに、寝た振りをしていたのか、『本当に？』と金色の目を開けた。

『ウィニー、寂しい思いをさせてごめんね』

ウィニーは、フィンが寝るまで一緒に居てくれるならすぐに送ってくよと言って、ファビアン達を乗せるや否や、空へ舞い上がった。

今夜は防衛魔法を強化する実験が明日に控えているので、ルーベンスは吟遊詩人の営業はしない。

フィンも師匠が客から安酒を奢られて飲み過ぎるのを心配しないで、ゆっくりとウィニーが眠るまで側にいてやれる。

『ねぇ、ウィニー、明日の実験で無理しないでね』

竜舎でウィニーの身体にもたれて話しかけたが、サリヴァンへの往復や海水浴で疲れたのか、今度こそ本当に爆睡していた。フィンは折角一緒にいるのにと呆れたが、自分がいるから安心して眠ったのかなと感じる。

『ウィニー、竜の卵をアシュレイに託した竜は、こんなに時間が経ってから孵るとわかっていたのかな？』

フィンも疲れていたので、ウィニーにもたれてうとうとする。

切り立った山の崖《がけ》の上に、年老《としお》いた竜と少年がいる。

『アシュレイ、この卵をお前に託す。いつか、竜を孵しておくれ』

アシュレイと呼ばれている少年は、夢の中でフィンに代わっていた。どうやって卵を孵すのかと質問したが、年老いた竜は大きな溜め息を一つつくと、ぐったりと横たわった。

『ちょっと！　まだ卵の孵し方も教えてもらってないよ！　リュリュー！　しっかりしてよ』

アシュレイになったフィンは竜を覆う影を吹き飛ばす。

『アシュレイ……私の残った魔力をお前に授《さず》けよう……。いずれ、竜の卵を孵すために必要になるから』

竜は最後の力を振り絞って立ち上がると、フィンの身体を羽根で抱きしめた。

フィンは光の洪水《こうずい》に巻き込まれ驚いていたが、どんどんと竜の身体が薄くなり光に溶《と》けていくのに慌てる。

『リュリュー！　死んじゃうの？』

竜の金色の瞳が光に溶ける瞬間、卵を頼むと伝えられた。

風が吹き荒ぶ崖の上で、フィンは五個の卵を抱えて呆然としていた。

「リュリュー……どうやって卵を孵すんだよ」

「桜の花に託された魔力で、竜の卵を孵すんだよ！」

フィンは叫んだ自分の声で、目が覚めた。

竜が光に溶けた喪失感《そうしつかん》と、竜の卵を孵してくれとの願いがフィンの胸に迫《せま》り、涙がこぼれ落ちる。

『フィン？　どうしたの？』

熟睡していたウィニーも、フィンの激しい動揺を感じて、目を覚ました。

『夢を見たんだ……竜の卵を託したのはリュリューという名前の年を取った竜だったよ』

ウィニーは『リュリュー』と口に出して、自分の親竜だったのかなと感傷《かんしょう》に耽る。

『アシュレイはリュリューが光に溶ける時に、魔力をもらったんだ。その魔力で、竜の卵を孵すはずだったのに……。その力を使って防衛魔法を張り巡らしたから、魔力が足りなくなって孵せなかったのかな？　こんなに長い時間、竜の卵が孵らないとはリュリューは考えてなかったんじゃないかな……』

ウィニーはぐだぐだ悩んでいるフィンの頭を、パンと羽根で軽く叩いた。

『私はフィンに孵してもらう運命だったんだよ！　リュリューは竜の卵をいつ孵せとは

言ってなかったのだろ？』

楽天的《らくてんてき》なウィニーの言葉に、確かに今更ぐだぐだ言っても仕方ないなぁと、フィンは同意する。

『それより、残っている竜の卵を早く孵さなくちゃね』

ウィニーも仲間が増えるのは楽しみだと笑う。

『明日はアシュレイが掛けた防衛魔法を強化するんだから、早く寝ないと駄目だよ』

そう言いながらも、フィンとウィニーは巡り会えた幸運を思って、なかなか寝付けなかった。

四十　竜との実験

ウィニーは自分に寄り添って眠る、フィンの健《すこ》やかな寝息を愛しく思った。

『実験に失敗したら、フィンはこのまま一緒にいてくれるのかな？』

ウィニーは、自らがきっとルーベンスの魔力を助けることができると感じている。しかし、防衛魔法を強化する実験に成功したら、フィンはルーベンスとまた危険な潜入調査に出かけてしまうのだ。

竜のウィニーには国境の意味はよく理解できなかったが、ファビアンから、シラス王国は敵国に囲まれていると説明されていた。竜舎から空を見上げると、白々と明けてきた空に緑色の防衛魔法が見える。

『所々、穴が開いたりしているのを、強化するんだよね……確かに、フィンや皆を護りたいけど……』

ウィニーは、ふ〜っと大きな溜め息をついた。その息で寝藁《ねわら》が舞い上がり、フィンはくしゃみをして目を覚ます。

『おはよう、フィン』

ウィニーはフィンと離れるのは嫌だけど、自分を真っ直ぐに見つめる緑色の瞳を裏切りたくないと思った。

『おはよう、ウィニー！　今日は大切な実験をするんだよ。ウィニーが無理だと思ったら、日延べをしても良いんだからね』

自分を心配してくれるフィンに応えたくて、ウィニーは『大丈夫だよ！』と頷く。

『ウィニーは大丈夫だろうけど、寝坊助《ねぼすけ》の師匠を起こして来なきゃ』

フィンは絶対に起きてないだろうと、宿屋に走った。

「師匠、起きてくださいよ〜！　なるべく人目《ひとめ》につかないように、朝早く実験しようと言ったのは、師匠でしょう！」

寝穢《いぎたな》いルーベンスは、そんなことを言った自分を呪《のろ》ったが、流石にシラス王国の大事な実験なだけに、ぐずぐずしながらもベッドから出た。

「ねぇ、どうやってウィニーの魔力を防衛魔法の強化に使うのですか？」

目をきらきら輝かせているフィンに、まだやってみなければわからないとのみ告げる。

ルーベンスも初めての試みなので、上手くいくか自信が無かったのだ。

「師匠、ちゃんと朝食を取ってください」

口うるさいフィンに勧められて、理論を考えながら、ルーベンスは朝食をいつもより食べた。

「さて、上手くいくか、やってみよう」

二人は竜舎でウィニーと合流し、防衛魔法を目指して一緒に飛び立った。

「できるだけ、人気《ひとけ》の無い場所に降りてくれ」

国境線にはアシュレイの防衛魔法の内側に、長年かけて築かれた防衛壁がうねうねと続いている。そこにノースフォーク騎士団が一定間隔《かんかく》ごとに見張り櫓を立てて、パトロールをしていた。

その櫓と櫓の間にウィニーを降ろす。ルーベンスは、ここら辺はかなり防衛魔法が弱くなっていると溜め息をついた。

『ウィニー、私に力を貸してくれないか？』

いつも傲慢なルーベンスが、ウィニーに向かって頭を下げた。

『良いよ！　どうすれば、いいの？』

ウィニーの自分への信頼を感じ、ルーベンスは実験が上手くいくことを願った。

『ウィニーも防衛魔法は見えるだろう？』

ウィニーは頷く。

『この防衛魔法は弱くなっている。それを強化するには、私の魔力だけでは限界なのだ。一時的にウィニーの魔力を私に貸して欲しい』

ルーベンスは防衛魔法を長い間維持してきたので、かなり疲労を感じている。

『フィン、よく見ておくのだ。ウィニー、私に魔力を注いでおくれ』

ルーベンスはできれば自分が魔力を吸い取るのではなく、竜から注ぐ方が望ましいと考えていた。

『魔力を注ぐ？　どうすれば良いのかな？』

ウィニーが戸惑っているので、フィンは竜の卵に魔力を注いだやり方を思い出して、こうするんだと見本を見せる。ウィニーの身体に手を置いて、フィンは自分の魔力を注いだ。

温かくて、優しいフィンの魔力が、自分を卵の時から包んでくれていたのだとウィニーは悟った。

『フィン！　やり方はわかったよ』

ウィニーはルーベンスに魔力を注いだ。魔力の塊であるウィニーの圧倒的な力の洪水に巻き込まれたルーベンスは、一瞬、我を忘れそうになった。しかし、上級魔法使いとして、この防衛魔法を強化するのだと、気合いを入れ直した。

ルーベンスは防衛魔法の近くの地面に手をつくと、緑の網を強化していく。

「わぁ～！　凄い！」

うねうねと続いている防衛壁の外側に、天まで届きそうな防衛魔法が聳《そび》え立った。ルーベンスは地面から立ち上がり、防衛魔法が強化されているのを満足そうに眺めた。

『ウィニー、もしフィンが私に代わって防衛魔法を維持する時には、少し肩を貸してやってくれ』

もう実験はこれで十分だろうと、ウィニーに魔力を注ぐのをやめさせる。

『ウィニー、疲れていないか？』

まだ成長途中のウィニーに無理をさせたのではとルーベンスは心配したが、ウィニーは首を横に振る。

『あのくらい大丈夫だよ』

ルーベンスとフィンでウィニーの魔力を見たが、さほど減っていないそうだ。改めて、竜の魔力の無尽蔵《むじんぞう》さに感嘆する二人だった。

「フィン、いずれはお前がこの防衛魔法を維持することになるだろう。その時は竜達に協力してもらうのだ」

フィンは国境線に掛けられた防衛魔法を、師匠が長年にわたり一人で背負ってきたのかと、改めて尊敬する。

「もうすぐ、俺も十四歳だし……痛い！」

ルーベンスはチビのくせに生意気だと、フィンの鼻の先を摘《つ》まんだ。

「大人になるまでは、こんな重荷を背負うことはない。さぁ、実験は成功したのだから、バルト王国へ向かおう！」

ウィニーはやはり出かけるのだと、溜め息をついた。

『ウィニー、実験に付き合ってくれたご褒美に、フィンと一日過ごしても良いぞ』

目をくるくるさせて喜ぶウィニーを見ているだけで、ルーベンスも笑いがこみ上げてきた。

師匠に一日の休みをもらったフィンとウィニーは、北の海でぷかぷか浮いていた。

『フィン、早く帰ってきてよ』

『多分、秋学期が始まるまでには帰ってくるよ』

『ええっ！　そんなに長い間バルト王国へ行っているの？』

フィンはウィニーが突然動いたので、波を受けてバランスを崩しそうになった。

『ウィニー、バルト王国はとても広いんだよ』

ウィニーは自分がルーベンスとフィンを乗せて行ければ良いのにと溜め息をついた。

カザフ王国の、大陸を支配下に置こうとする企みは着々とシラス王国を追い込んでいた。

ルーベンスとフィンは、遊牧民《ゆうぼくみん》が暮らすバルト王国に現在の危機を警告し、反カザフ王国の同盟を結べるかを探るために向かうことになる。

フィンのアシュレイ魔法学校初等科三年生の夏休みには、もっと大きな冒険が待っているのだった——。

あとがき

この度は、文庫版『魔法学校の落ちこぼれ３』をお手に取ってくださり、ありがとうございます。著者の梨香です。

三巻では、主人公のフィンが魔法学校の初等科三年になり、ウィニーには新しい竜の仲間、グラウニーができます。グラウニーの卵はファビアンが孵し、世話をすることになるのですが、彼にとって雛竜《ひなりゅう》の飼育は未経験のため、それなりに苦労してもらいました。

また、今回は新しい竜のキャラクターを増やすにあたって、雛竜達にどのような特徴を持たせて差別化するか工夫を凝らしています。風と土という属性が異なれば、体格はもとより、性格的側面にも違いが出ると考えたからです。詳しくは、本編をお確かめください。

さて、舞台がサリン王国へと移り、そこでフィンとルーベンスがカザフ王国の宿敵《しゅくてき》と危うく出会いそうになったり、夏至祭では我儘《わがまま》王女のミランダとの駆け落ち騒動があったりと、物語はいっそう波乱の様相《ようそう》を呈《てい》してきます。凸凹《でこぼこ》コンビによる冒険の旅を、是非《ぜひ》、お楽しみいただけますと幸いです。

話は変わりますが、私はこの作品の中で、ルーベンスが大のお気に入りです。何故かというと、偉大な魔法使いにもかかわらず、フィンの師匠としては初心者なので、時々、失敗をするところがあるからです。天才であるがゆえに、人間的には未熟というか、欠陥《けっかん》だらけの、この偏屈者の意外性に可愛げを感じるのかもしれません。

彼を生み出した張本人である私も、作品を描きながら、ついつい笑ってしまうほどです。なので、ルーベンスには、お酒はほどほどに控えてもらい、個人的には長生きしてもらいたいと思っています。でも、傲慢なほどの自信家である彼には、「酒が飲めないなら、生きていても意味がない！」と怒鳴られてしまいそうですが……（苦笑）。

そのほか、お気に入りのキャラといえば、ファビアンやミランダ姫がいます。

はじめは影の薄い存在だったファビアンですが、フィンとの関係性が深まってくるにしたがって、ぐんぐん存在感をアピールするようになってきました。ミランダ姫も同様です。

これは私が創作上、厳密《げんみつ》なプロットは作らずに執筆《しっぴつ》していることが原因ですが、著者の想像の斜《なな》め上をいくキャラの暴走は、時に大変でもありますが、楽しくもあります。

次巻で描かれるバルト王国でも、強引な王女が登場します。どうも、フィンは我儘王女と縁があるようですね……。

それでは、また読者の皆様とお会いできれば幸いです。

二〇二〇年二月　梨香

アルファライト文庫

この作品に対する皆様のご意見・ご感想をお待ちしております。

おハガキ・お手紙は以下の宛先にお送りください。

【宛先】

〒150-6008 東京都渋谷区恵比寿 4-20-3 恵比寿ｶﾞｰﾃﾞﾝﾌﾟﾚｲｽﾀﾜｰ 8F
（株）アルファポリス　書籍感想係

メールフォームでのご意見・ご感想は右のＱＲコードから、
あるいは以下のワードで検索をかけてください。

アルファポリス　書籍の感想　検索

ご感想はこちらから

本書は、2017 年 9 月当社より単行本として
刊行されたものを文庫化したものです。

魔《ま》法《ほう》学《がっ》校《こう》の落《お》ちこぼれ 3

梨香（りか）

2020年 4月 24日初版発行

文庫編集－中野大樹／篠木歩
編集長－太田鉄平
発行者－梶本雄介
発行所－株式会社アルファポリス
〒150-6008東京都渋谷区恵比寿4-20-3恵比寿ガーデンプレイスタワー8F
TEL 03-6277-1601（営業） 03-6277-1602（編集）
URL https://www.alphapolis.co.jp/
発売元－株式会社星雲社（共同出版社・流通責任出版社）
〒112-0005東京都文京区水道1-3-30
TEL 03-3868-3275
装丁・本文イラスト－chibi
文庫デザイン—AFTERGLOW
（レーベルフォーマットデザイン－ansyyqdesign）
印刷－株式会社暁印刷

価格はカバーに表示されてあります。

落丁乱丁の場合はアルファポリスまでご連絡ください。

送料は小社負担でお取り替えします。


ISBN978-4-434-27312-4 C0193

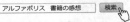